Das stumme Urteil

Der Autor

Fabio Mongardi, geboren 1951, hat in zahlreichen italienischen Zeitschriften und Anthologien Erzählungen veröffentlicht. 1993 erschien sein erster Kurzgeschichtenband. «Das stumme Urteil» ist sein erster Roman.

Fabio Mongardi

Das stumme Urteil

Roman

Aus dem Italienischen
von Gabriela Schönberger

Scherz

Besuchen Sie uns im Internet:
www.scherzverlag.de

Die Originalausgabe erschien 1997 unter dem Titel
«Il verdetto muto» bei Mobydick/Cooperativa Tratti, Faenza

1. Auflage 2002

ISBN 3-502-51841-6
Umschlaggestaltung: ja DESIGN, Bern:
Julie Ting & Andreas Rufer
Umschlagbild: Robert Van Der Hilst/Getty-Images, Stone,
München
Gesamtherstellung: Ebner & Spiegel, Ulm

Auf dich,
Schatten, mein Freund,
auf deine unendliche Geduld,
auf deine Diskretion und Treue.
Ich wünschte, die Sonne würde immer
scheinen.

Ins Schilf geduckt, sah Janez, wie der Mann die Leiche auf den Boden warf. Der tief am Himmel stehende Mond blitzte zwischen den Halmen hervor, irgendwo sang eine Nachtigall. Ein leichter, warmer Windstoß versetzte das Schilfrohr in Schwingung, als hätte liebkosend eine Hand darüber gestrichen.

Der Mann entfernte sich, und gleich darauf bemerkte Janez, dass ein Paar Autoscheinwerfer aufblendete. Wie ein Tier, das die Gefahr wittert, erstarrte er zu absoluter Reglosigkeit und blickte gebannt den Lichtern des Wagens nach, bis sie nur noch als Punkte am Horizont zu erkennen waren.

Die Frösche nahmen ihren Gesang wieder auf, und das Gemurmel der Nacht schwoll immer stärker an, bis es die Stille völlig ausfüllte.

Er näherte sich dem Mann, der mit dem Gesicht nach unten auf der Erde lag. Er war tot. Das begriff er, ohne ihn anzufassen, obwohl er im fahlen Mondlicht weder Verletzungen noch andere Einzelheiten erkennen konnte.

Wieder bewegte sich das Schilf.

Janez warf einen Blick hinauf zu den Sternen, ehe er ihn über die schattenlosen, weiten Felder schweifen ließ. Rasch durchsuchte er die Taschen des Toten und fand schließlich in seiner Hose die Brieftasche; er leerte sie aus und schleuderte sie weit weg. Als er den Körper umdrehte, stieß seine Hand auf den kalten Lauf der Pistole. Er erhob sich und zielte damit in die Dunkelheit, bis das Gewicht der Waffe ihn zwang, sie sinken zu lassen. Dann steckte er sie in seine Tasche.

Er machte sich auf den Weg Richtung Damm, der wie eine große, offene Wunde die ganze Ebene durchschnitt. Das Lager der Zigeuner befand sich jenseits der Flusskrümmung.

Von diesem Julimorgen sollte er nur die Hitze in Erinnerung behalten. Die Ebene der Emilia Romagna gleicht dem Boden eines jener Kessel, wie man sie oft auf dem Land an einem Haken über dem Feuer hängen sieht. Die Hitze steigt vom Boden hoch und köchelt einen langsam gar wie ein Ragout, das träge in seinem eigenen Saft vor sich hin schmort.

Diese Wärme. Merkwürdig, dass er sich nur an sie erinnerte, obwohl außer der Hitze an diesem Tag auch noch dieser Tote bemerkenswert gewesen war. Und damals hatte er in seinem Leben noch nicht viele Tote zu Gesicht bekommen: Den Großvater zum Beispiel, als er beerdigt wurde, oder Alfredo, der vom Olivenbaum fiel und sich das Genick brach. Aber das waren andere Tote gewesen, die ordentlich in ihren Särgen aus altem Zypressenholz lagen wie Säuglinge in ihrer Wiege. Der Tote hier war blutbesudelt gewesen und hatte ausgesehen, als hätte man ihn weggeworfen wie einen alten Lumpen.

Er hieß Giovanni Di Giuseppe und war seit wenigen Tagen als einfacher Carabiniere in San Antonio stationiert. Er stammte aus Kalabrien und sollte bald nach Bologna versetzt werden.

Der Posten der Carabinieri in San Antonio wurde geschlossen, und alle anderen Kollegen waren schon fort, sodass er jetzt mit seinem Vorgesetzten, dem Brigadiere Antonio Marra, allein in der Kaserne war.

Der Brigadiere stand oben auf dem Damm des Flusses Idice, eine brennende, stinkende Zigarre zwischen den Fingern, und starrte in die Ferne, Richtung Ebene, wie ein alter Kapitän auf seinem Schiff, der das Meer nach Antworten auf seine Fragen absucht. In seiner Nähe befand sich der Bauer, der die Leiche gefunden hatte. Der Mann, der sich jetzt ein wenig abseits hielt, hatte am frühen Morgen den Toten entdeckt, als er zum Fluss hinuntergegangen war, um den Filter der Pumpe zu säubern, die ihm zur Bewässerung seiner Felder diente.

Di Giuseppe stieg den Damm hinunter. Das Wasser war nur wenige Schritte von ihm entfernt und plätscherte leise zwischen dem Schilfrohr.

«Kommen Sie bitte mal, Brigadiere.»

«Was gibt es jetzt schon wieder?»

«Es scheint so, als sei dieser ... wie hieß er noch mal, haben Sie gesagt?»

«D'Agostini.»

«Als sei dieser D'Agostini nicht am Fundort getötet worden.»

«So? Und wie kommst du auf die Idee?»

«Na ja, weil nur wenig Blut auf der Erde ist, sehen Sie, und das bisschen, das da ist, ist verteilt, als ob –»

«Ich hab's gesehen, na und? Wahrscheinlich war er nicht gleich tot, sondern hat sich auf die rechte Seite gewälzt. Siehst du das Hemd, es ist auch vorne voller Erde.»

Der junge Carabiniere, der auf dem Boden kniete, spürte, wie ihm der Schweiß den Rücken hinablief. Sehnsüchtig betrachtete er das Wasser, dessen Farbe zwar nicht gerade einladend war, dessen bloßer Anblick ihm aber trotzdem ein wenig Erfrischung bot.

«Das könnte sein, aber wenn man verletzt ist, neigt man instinktiv dazu, sich an etwas festzuhalten. Man krallt sich zum Beispiel in der Erde fest, um sich wie hier den Damm hochzuziehen. Aber sehen Sie sich diese Hände an, da ist keine Spur von Dreck, und sogar die Schuhe sind sauber.»

«Da schau einer an! Wer glaubst du wohl, wer du bist, der Inspektor Columbo?»

Die schwarzen Augen des Carabiniere weiteten sich vor Verwunderung. Verlegen stand er auf.

Marra hatte seine Mütze abgenommen. Die spärlichen silbergrauen Haare auf seinem vor Schweiß glänzenden Schädel erweckten einen verlorenen Eindruck.

«Äh, das habe ich auf dem Ermittlungskurs gelernt. Normalerweise ist das so, wenn –»

«Na klar, der Ermittlungskurs . . .»

Das blaue Uniformhemd spannte sich über dem massigen Körper des Brigadiere, und seine blauen Augen unter der gerunzelten Stirn und den grauen Augenbrauen verengten sich zu schmalen Schlitzen. Marra setzte seine Mütze wieder auf und die Spannung ließ nach.

«Das einzige, was wir mit Sicherheit wissen, ist, dass der Mord in dieser Nacht stattgefunden hat. Das Blut ist noch feucht.»

Wortlos stiegen sie zum Ufer hinauf. Die

Hitze schien selbst die Luft verbrannt zu haben, und die Rüben auf den Feldern verdorrten bereits und bekamen gelbe Blätter.

«Was ist das da oben?», fragte der Carabiniere.

Sie drehten sich beide zu dem plumpen Gebäude um, das ganz oben auf dem Damm zu sehen war.

«Das ist eine alte Schleuse, die diente dazu, den Wasserstand bei Überschwemmungen zu regulieren und bei Bedarf für Nachschub bei der Bewässerung der Felder nördlich des Flusses zu sorgen», erklärte Marra. «Ich habe übrigens den Staatsanwalt in Bologna verständigt. Und der Arzt ist schon im Anmarsch, um die Todesursache zu bestätigen», fuhr er fort und blickte dabei Di Giuseppe unverwandt in die Augen.

«Bis dahin bleibst du hier, um Schmeißfliegen wie die da abzuwimmeln», knurrte er und deutete auf die Fahrzeuge, die sich bereits neugierig auf der Straße näherten. Mehr sagte er nicht, sondern stieg in seinen Wagen und fuhr davon.

San Antonio breitet sich auf halber Strecke entlang der Straße zwischen Bologna und Ferrara aus wie eine faule Schlange in der Sonne. Da weder in der einen noch in der anderen Richtung so etwas wie ein Zentrum zu erkennen ist, scheint die Ortschaft zweigeteilt in einem ewigen, ungelösten Konflikt.

San Antonio ist ein Ort ohne Geschichte, an dieser Straße geboren, die irgendwann zum Mittelpunkt geworden ist. Nur auf diesem grauen Geflecht aus Asphalt, das das Dorf in alle Richtungen durchzieht, verteilen sich die Gerüche, Düfte und Ausdünstungen, die sich Tag für Tag darauf ablagern und dazu beitragen, die Identität und den Charakter einer Ortschaft zu formen. Nur die Alten, die den Nachmittag vor der Bar Patrizia am Rande des klebrigen Asphalts verbringen, haben etwas zu erzählen. Aber ihre Geschichte wird missachtet wie der Staub, der sich einst über die Schuhe und das ganze Dorf legte und der heute in San Antonio entweder unter Schichten aus Zement verschwunden oder unter Tonnen von Wasser begraben ist, die aus großen Trommeln über die mit Getreide bepflanzten Ebenen gesprüht werden.

Und wie es bei vielen Dingen der Fall ist, die es nicht mehr gibt, wurden samt der Geschichte auch alle Erinnerungen vergessen und dem Gedächtnis jener wasserblauen Augen überlassen, die vor den Asphaltadern sitzen und zusehen, wie die Autos pfeilschnell an ihnen vorbeifahren, ohne dass sich so etwas wie Staub auf ihren Schuhen ablagert.

Die Kaserne der Carabinieri befand sich in der Nähe der Piazza, einer unnatürlichen Ausbuchtung der Straße, überzogen mit einer dicken Haut aus Teer, die überwiegend als Parkplatz diente. Im Laufe der Zeit waren etliche Versuche gestartet worden, den Platz zu verschönern. Außen herum hatte man einige Bäume gepflanzt und ein paar Bänke aufgestellt, aber ebenso gut hätte man versuchen können, einen behäbigen Bus in einen flotten Flitzer zu verwandeln. Bald war die Piazza wieder zu einem großen Parkplatz verkommen, mit einem seltsamen Obelisken in der Mitte, an dem an Feiertagen die italienische Flagge wehte.

Di Giuseppe hatte fast den ganzen Vormittag an seinem Schreibtisch verbracht. In der Ablage türmten sich die Vorgänge, die entweder abzuschließen oder aber zu archivieren waren. Zerstreut blätterte er in diesen Akten voller lächerlicher Provinzpossen. Hier und da las er: «*Am dreizehnten August dieses Jahres zerstörte ein wütender Brand einen Heuschober ... Pietro Mancini, der Besitzer, gibt zu Protokoll, in jener Nacht in der Nähe des Schobers eine Gestalt gesehen und sie als einen gewissen Luigi Mercatale identifiziert zu haben.*» Oder: «*Gianna Carnevale, die Besitzerin der in der Via M. Cappelletti gelegenen Parfümerie, erklärt, vonseiten des Liugi Bartolott, Pensionist und Stammkunde ihres Geschäftes, bedrängt und heftigen Belästigungen ausgesetzt gewesen zu sein.*»

Am Tag des Umzugs musste alles ordnungsgemäß abgeschlossen sein, und trotzdem blätterte er weiter ziellos in den staubigen Aktendeckeln, ohne sich entschließen zu können, sich ernsthaft an die Arbeit zu machen. Im Zimmer nebenan ließen ein schwacher Duft nach Tabak und hin und wieder das Klappern der Schreibmaschine auf Marras Anwesenheit schließen.

Überraschend stand der Brigadiere plötzlich in der Tür und sagte:

«Giovanni, komm mal einen Moment rüber, ich muss mit dir reden.»

Marra zwängte sich wieder hinter seinen Schreibtisch und ließ sich schwer auf seinen laut knarrenden Stuhl fallen. Er hatte seine Hemdsärmel bis zu den Ellbogen hochgekrempelt und schaltete erst den großen Ventilator zu seiner Rechten an, ehe er zur Sache kam. Der Luftstrom versetzte die rote Schnur, mit der der alte Kalender hinter seinem Rücken an der Wand befestigt war, in Bewegung.

«Fassen wir doch mal kurz zusammen. Die Kommandantur hat uns mit den ersten Ermittlungen betraut, selbst der Staatsanwalt scheint einverstanden.»

«Das bedeutet ...»

«Das bedeutet, dass der Umzug verschoben wird, aber nicht um mehr als ein, zwei Wochen. Uns bleibt trotzdem wenig Zeit ... Aber wir werden unser Bestes geben, nicht wahr?»

Marra musterte ihn mit einer feindseligen Miene, in der sich seiner Ansicht nach jedoch nichts weiter als mangelnde Höflichkeit ausdrückte.

Er senkte den Blick.

«Setz dich.»

Marra nahm einen vor ihm liegenden Aktendeckel und schlug ihn auf.

«Das Opfer: D'Agostini Giovanni, fünfzig Jahre. Er ist, oder besser gesagt, war Besitzer der Metzgerei in der Via Molinella. Man hat ihn nie arbeiten sehen. Der Laden wurde von seiner Frau und seinem Schwager geführt. Er ließ sich nicht einmal dazu herab, auch nur einen Fuß hineinzusetzen, sondern verbrachte seine Zeit lieber in den diversen Nachtklubs der Umgebung. Ein Weiberheld mit Anwandlungen von Größenwahn.»

«Irgendwelche Vorstrafen?»

«Keine. Trotzdem war er ein Lump», fügte Marra leise hinzu, als würde er sich auf etwas besinnen. «Der Schuss, der ihn getötet hat, wurde aus geringer Entfernung abgegeben, wahrscheinlich aus einer Waffe Kaliber 38. Falls es noch weitere Einzelheiten gibt, erfährst du sie von der Autopsie. Das ist alles.»

Marra lehnte sich auf dem Stuhl zurück und zündete sich die unvermeidliche Zigarre an. Er blies den Rauch in die Luft und blickte abwesend an dem Carabiniere vorbei, als sei er mit seinen Gedanken ganz woanders. Dem jungen Mann kam es vor, als träte plötzlich Trauer in seine blauen Augen – jener Ausdruck wässriger Melancholie, der den Tränen vorausgeht. Aber der Zustand dauerte nur einen Augenblick, und Marra wandte sich mit einem herausfordernden Lächeln an seinen Kollegen.

«Und, Giovanni, was schlägt der Ermittlungskurs an dem Punkt jetzt vor?»

Dem jungen Carabiniere entging die Ironie der Bemerkung völlig.

«Ich glaube, wir müssen mit dem anfangen, was wir haben, und versuchen, mehr über diesen D'Agostini in Erfahrung zu bringen.»

«Sehr schön. Könntest du dich bitte darum kümmern, falls du sonst nichts anderes zu tun hast?»

Di Giuseppe warf durch die offene Tür

einen Blick auf den Stapel mit unerledigten Akten, die ihn auf seinem Schreibtisch erwarteten.

«Gerne», erwiderte er.

Nach Ende der Bürozeiten zog Marra sich in seine Wohnung zurück. Di Giuseppe stieg in den zweiten Stock hoch und machte sich in dem Zimmer, das als Küche diente, etwas zu essen. Schweigend aß er und ließ sich die Situation durch den Kopf gehen. Er versuchte dahinter zu kommen, weshalb sich der Brigadiere ihm gegenüber so feindselig verhielt. Vielleicht ist es nur der Ärger über den bevorstehenden Umzug, mutmaßte er.

Es läutete an der Tür. Er ging öffnen und sah sich einer älteren Frau gegenüber, die ihm unsicher zu verstehen gab, dass sie gekommen sei, um sauber zu machen.

Richtig, der Brigadiere hat Sie mir schon angekündigt. Kommen Sie doch herein», forderte er sie auf.

Er zeigte ihr die Räume und ließ sie allein, als sie sich einen verblichenen Schurz umband.

In kleinen Ortschaften bewegen sich Neuigkeiten so schnell wie Fliegen, und Fliegen gab es in der Bar Patrizia im Überfluss: Auf der Theke aus Edelstahl, auf den Tischchen aus grünem Resopal und sogar an dem verblichenen Vorhang vor der Tür, der sie eigentlich hätte draußen halten sollen, klammerten sie sich fest. Vor dem Lokal saßen ein paar alte Männer unter dem Vordach. Sie sagten nichts, als er an ihnen vorbeiging, sondern sahen ihn an, wie sie sonst auch Neuankömmlinge im Dorf musterten: Mit aufgesetzter Gleichgültigkeit, als machten sie sich überhaupt nichts aus der Anwesenheit Fremder, die sie doch im gleichen Atemzug bereits taxiert, bewertet und abgeurteilt hatten.

Der Kellner hinter der Theke war ein kleiner Mann mit einer Spur zu viel Brillantine im Haar. Er warf ihm hin und wieder einen Blick zu, während er den Espresso für ihn zubereitete. Neben den Flaschen mit verschiedenen Schnäpsen und Likören hing eine Reklame-Blechuhr der Biermarke Tuborg an der Wand. Die Zeiger standen auf zwanzig Minuten nach drei.

«Sie sind neu hier, ich habe Sie noch nie im Ort gesehen», sagte der Barmann zu ihm und schob ihm den Zucker neben die Tasse.

«Ja, ich bin erst vor kurzem angekommen.»

«Ist es wegen . . . Na ja, wegen dieser blöden Geschichte?»

«Nein, die hat damit nichts zu tun. Ich soll dem Brigadiere beim Umzug helfen.»

Der Mann lehnte sich an das Regal hinter seinem Rücken.

«Also geht ihr tatsächlich, war wirklich alles umsonst?»

«Was war umsonst?»

«Ich weiß nicht, ob man es Ihnen gesagt hat, aber wir haben Himmel und Hölle in Bewegung gesetzt, damit der Posten nicht geschlossen wird. Wir haben Petitionen eingereicht, Unterschriften gesammelt . . .»

Er trat näher an die Theke heran.

«Herr im Himmel, die machen das doch mit Absicht! Erst haben sie uns die Schule geschlossen, weil wir zu wenig Kinder hätten, wie sie sagten, dann ist das Krankenhaus an die Reihe gekommen. Wieder dieselbe Geschichte! Zu wenig Kranke und zu hohe Betriebskosten, haben sie gesagt. Aber muss man sich vielleicht schämen, wenn man nicht krank wird, frage ich mich? Und jetzt auch noch die Carabinieri, was bleibt uns da noch? Der Pfarrer. Also bei dem, was der so leistet, können sie ihn eigentlich gleich versetzen. Aber dann sollen sie es auch laut und deutlich sagen, dass sie unser Dorf dichtmachen wollen! Darauf läuft es doch letztendlich hinaus.»

Er verschränkte die Arme und stützte sich auf der Theke ab.

«Ich verstehe die, die uns regieren, wirklich nicht. Ihnen sollte eigentlich das Wohl der Leute am Herzen liegen. Aber was ist? Wenn einer ernsthaft krank wird, muss er bis nach Ferrara, die Kinder müssen in die Schule nach Argenta, und den Jungen bleibt gar nichts anderes übrig, als fortzugehen. Was sollen sie hier auch machen? Tja, und dann passieren genau solche Dinge wie jetzt, stimmt doch, oder?»

Der Carabiniere trat ebenfalls näher an die Theke heran.

«Weil Sie gerade davon sprechen – kannten Sie diesen D'Agostini? Was war er für ein Mensch?»

Der Kellner richtete sich hastig auf und tat so, als polierte er mit einem Lappen hingebungsvoll eine Stelle auf dem Tresen.

«Der ... der war, wenn er nicht gerade ...»

«Ja?»

«Das fragen Sie lieber die arme Frau, die mit ihm ...»

«Man hat mir gesagt, das er sich gerne ein schönes Leben gemacht hat.»

«Ja, mit dem Geld anderer.»

«Aber er besaß doch eine Metzgerei, oder?»

«Der konnte doch kein Rindersteak von einem Truthahnschnitzel unterscheiden, sage ich Ihnen! Der konnte nur Geld eintreiben, das konnte er gut.»

«Aber die Metzgerei?»

«Die lief doch nur mit dem Geld der Frau und des Schwiegervaters. Tja, so geht es zu auf dieser Welt, mein Lieber.»

An der Decke prangten große, schwarze Feuchtigkeitsflecken. Di Giuseppe betrachtete die Videospiele im hintern Teil der Bar, die nicht eingeschaltet waren, und vertrieb eine Fliege, die ihm über den Handrücken lief.

Neben dem Ausgang befanden sich die

Holzkästen mit den Zeitungen. Er warf einen Blick auf die ausgebreiteten Illustrierten, ehe er sich erneut an den Barmann wandte.

«Vielleicht können Sie meine Neugier befriedigen. Seit wie vielen Jahren ist der Brigadiere jetzt schon hier am Ort?»

Der Mann fuhr fort, in einer Schublade zu kramen, als hätte er seine Frage nicht gehört. Schließlich sagte er:

«Der Brigadiere ist wie Sie als einfacher Carabiniere zu uns ins Dorf gekommen.»

«Ich verstehe, aber ... War er immer schon so ein schwieriger Mensch?»

Abwesend wandte er Kellner ihm den Rücken zu, als er ihm leise eine Antwort gab, ehe er rasch durch die Tür verschwand, die nach hinten führte.

«Wenn das so ist, hat er wahrscheinlich Probleme», erwiderte er.

Auf der Tuborg-Uhr war es immer noch zwanzig Minuten nach drei, als Di Giuseppe das Lokal verließ.

Die Luft ergoss sich heiß und schwer wie flüssiges Blei über die Straßen. Auf seinen Schatten tretend, überquerte Di Giuseppe den leeren Platz. Von der Kirchturmuhr schlug es zwei Uhr. Um diese Zeit reduzierte sich das Leben im Ort auf ein Minimum, und die Menschen hielten sich vorwiegend in ihren Häusern auf. Doch mehr als vor der Hitze schienen sie sich vor dem Gerede schützen zu wollen, das Fragen und Vermutungen mit sich gebracht hätte, über die man sich den restlichen Nachmittag hätte auslassen können. Schlussfolgerungen sollten erst am Abend unter den Linden gezogen werden, die die Via Fabbri bis zum Friedhof säumten. Dort, wo die Straße anfing, direkt vor der Kirche, befand sich die Pasticceria, das schickste Lokal von San Antonio und einziger in Frage kommender Ort für derartige Angelegenheiten. Die Gäste waren immer die gleichen, angeführt von Giorgetti, einem dürren Männchen mit dicker Brille. Damit sah er zwar eher wie der Buchhalter einer kleinen Klitsche als wie der einflussreiche Direktor der Cassa Rurale, der örtlichen Bank, aus. Aber er war derjenige, der den Überblick über alle Konten hatte und gegen Mitternacht mit seinem unvermeidlichen «Und ich sage, dass . . .» die Versammlung des Hohen

Gerichts von San Antonio beschloss. Seine Äußerung stellte ein Urteil dar, gegen das man keine Berufung einlegen konnte. Es hatte den Zweck, den Tag zu beenden und Gewissheit zu verschaffen, denn es ist schwierig, ohne Gewissheit gut zu schlafen, vor allem im Sommer, wenn einem die Hitze sogar noch bis unter das Bettlaken folgt.

Auf der Piazza war Markt, und Di Giuseppe schlenderte zwischen den mit Kleidern in grellen Farben dekorierten Ständen umher. Geschäftige Hausfrauen schoben mit Plastiktüten behangene Fahrräder neben sich her, während die Händler mit lauten Rufen zum Kauf ihrer Waren anzuregen versuchten. Er kam an einem Stand mit Käse, Wurst und Gewürzen aller Arten vorbei. Die Düfte vermengten sich mit dem Schweißgeruch, der ihm aus den leichten Sommerkleidern in die Nase stieg. Ihm wurde flau im Magen, und er hielt auf einen Kiosk zu, der Getränke anbot. Er kaufte eine Dose Coca-Cola und entfernte sich in Richtung der vertrockneten Rasenflächen, die den Platz säumten.

Auf seinem Weg kam er an einem schmiedeeisernen Tor vorbei. Davor hockte ein Mann im Unterhemd, der ihn freundlich grüßte.

«Guten Tag», erwiderte der Carabiniere den Gruß.

«Die Gerechten werden die Erde erben», sagte der Mann.

«Wie bitte?»

«So steht es geschrieben.»

Die blauen Augen weit aufgerissen, als nähme er zum ersten Mal die Welt um sich herum wahr, fuhr der Mann fort:

«Es wird keinen Tod mehr geben, keine Trauer, kein Wehklagen und keinen Schmerz, und die Toten werden ins Leben zurückkehren.»

Di Giuseppe warf einen Blick auf das Haus und sah eine Frau unter der Tür hervortreten.

«Mario, komm sofort rein!», rief sie.

Der Mann machte keine Anstalten, sich von seinem Stuhl zu erheben.

«Alle, die meine Stimme hören, werden hervortreten ...»

Die Frau kam mit verlegener Miene näher.

«Jetzt mach schon, Mario, komm.»

«Keine Angst, er tut doch nichts», sagte der Carabiniere.

Sie lächelte.

«Ich weiß. Mein Bruder ist nur ein wenig ... fixiert, das ist alles.»

«Das habe ich bemerkt, aber es stört mich nicht.»

Sie betrachteten beide den Mann, der offenbar nicht die geringste Absicht hatte, aufzustehen.

«Sind Sie neu hier?», wollte die Frau wissen. «Ich meine, sind Sie erst seit kurzem hier im Dorf?»

«Ja, seit ein paar Tagen.»

«Das hier ist ein kleiner Ort, und es passiert nie –»

Plötzlich wurde sie rot und senkte den Kopf.

«Aber jetzt ist offensichtlich doch etwas passiert, wie?»

Die Frau bückte sich und ergriff den Arm ihres Bruders.

«Kannten Sie den Mann, der getötet wurde?», fuhr der Carabiniere fort.

«Ja, aber nur vom Sehen. Los, Mario, gehen wir. Es tut mir Leid, aber ich muss ins Haus.»

Der Mann stand auf.

«Und er wird alle Tränen trocknen und es wird keinen Tod mehr geben ...»

Er plapperte ununterbrochen weiter, bis er sich an der Tür noch einmal umdrehte und rief:

«Vergesst nicht! Die Erde wird in ein Paradies verwandelt werden!»

Di Giuseppe wandte seine Schritte in Richtung Kaserne, aber plötzlich überkam ihn ein Verlangen nach frischem Obst. Er betrat ein kleines Geschäft, wo ihm eine rundliche Frau große, rote Pfirsiche verkaufte.

Das Haus der Familie D'Agostini befand sich gleich hinter der Ampel auf der Piazza, in einer Reihe mit mehreren anderen Häusern. Di Giuseppe läutete an der Tür und wartete nervös. Diesen Teil der Ermittlungen hätte er gerne vermieden. Im Fortbildungskurs hatten sie ihn darauf vorbereitet, dass die Angehörigen der Opfer fast immer in zwei Kategorien einzuteilen waren: Entweder haderten sie grollend mit ihrem Schicksal oder jammerten einem die Ohren voll, aber auf jeden Fall war es nicht leicht, ihnen in einem Moment entgegenzutreten, in dem die Tragödie noch so frisch war.

Das kleine Mädchen mit dem traurigen Blick, das ihm die Tür öffnete, schien überrascht, sich einem Mann in Uniform gegenüberzusehen.

«Ist deine Mama zu Hause? Ich müsste ihr ein paar Fragen stellen.»

Sie lehnte die Tür an, ohne sie zu schließen. Die Frau, die sie danach öffnete, sah nicht so aus, wie er sie sich vorgestellt hatte. Sie war groß, mit dunklem Teint und schwarzen Augen und hatte so gar nichts von einer gedemütigten und unterwürfigen Ehefrau an sich. Lediglich eine gewisse Schwere im Blick ließ auf innere Qualen schließen.

«Sind Sie Signora D'Agostini?»

Ohne ein Wort der Erwiderung trat sie auf die Seite und führte ihn in ein lichtdurchflutetes Zimmer. Neben den hohen Fenstern standen Töpfe mit großen, grünen Pflanzen. Durch eines dieser geöffneten Fenster drang das durchdringende Kreischen einer Kreissäge zu ihnen herein.

Sie bot ihm an, auf einem Sofa mit geblümtem Überzug Platz zu nehmen. Sie und die Tochter blieben neben dem Tisch stehen.

«Nun, ich müsste Ihnen ein paar Fragen stellen ...»

Der Carabiniere warf dem Mädchen einen unsicheren Blick zu. Die Frau verstand sofort seine unausgesprochene Bitte.

«Sara, geh doch bitte einen Moment in dein Zimmer. Der Signore und ich haben etwas zu besprechen.»

Er wartete, bis das Kind die Tür geschlossen hatte, ehe er wiederholte:

«Wie gesagt, ich werde Ihnen einige Fragen stellen müssen und Sie werden verstehen ...»

Die Frau verzog keine Miene.

«Bitte, fragen Sie mich.»

«Zunächst würde ich gerne wissen, ob Sie sich zu dem, was vorgefallen ist, eine eigene Meinung gebildet haben.»

Ehe sie ihm eine Antwort gab, holte sie sich einen Stuhl und nahm darauf gelassen neben dem Tisch Platz.

«Wenn Sie denken, ich wüsste, wer es gewesen ist, dann muss ich Ihnen gleich sagen –»

«Nein, das ist es nicht. Ich denke nicht, dass Sie wissen, wer es gewesen ist. Mich interessiert zu erfahren, ob Sie in der Lage sind, mich auf irgendwelche Spuren zu bringen oder mir vielleicht auch nur einen Eindruck dessen zu vermitteln, was geschehen sein könnte.»

Sie sah zu Boden, als würde sie nachdenken, ehe sie ihn mit einem sarkastischen Lächeln betrachtete.

«Sie sind neu hier in der Gegend, richtig? Trotzdem wird man Ihnen gesagt haben, dass mein Mann nicht unbedingt ein braver Familienvater war.»

Di Giuseppe nickte zustimmend.

«Was geschehen ist, ist vermutlich nicht mehr als eine ... eine logische Folge seines Verhaltens.»

«Logisch?»

Sie schien verärgert, und ihr Blick wurde hart.

«Ich glaube nicht, dass ich Ihnen auf Ihre Frage eine Antwort geben kann, da ich nichts über meinen Mann weiß. Ich habe keine Ahnung, was er trieb und in wessen Gesellschaft er sich bewegte, nicht die geringste. Und ich muss Ihnen darüber hinaus sagen, dass es mich nicht einmal interessiert, wer ihn getötet hat und warum. Ich will ihn nur vergessen, und das ist alles, was ich Ihnen zu sagen habe.»

Die Säge hatte aufgehört, Bretter zu schneiden, und er bemerkte mit einem Mal die Stille, die sich über das Zimmer gelegt hatte. An diesem Punkt blieb nur noch eine Frage zu stellen, die nutzloseste und peinlichste von allen, die letzten Endes aber immer gestellt werden musste.

«Ich muss Sie noch eine letzte Sache fragen. Wo waren Sie am Abend des Verbrechens?»

Ihr Lachen kam spontan und schien sie von der Anspannung zu befreien, die sich in ihrem Innern ausgebreitet hatte. Aber als sie antwortete, war sie wieder ernst, und ihr verkrampfter Unterkiefer machte ihr Gesicht hässlich.

«Wo ich am Abend des Verbrechens war? Zu Hause, Signore Carabiniere, zu Hause bei meiner Tochter. Wie immer.»

Als er sich erhob, bemerkte er, dass sein Hemd bis zu den Ellenbogen hinunter durchgeschwitzt war.

Di Giuseppe stellte den Wagen unten am Flussdamm ab. In der Nacht war es dunstig gewesen, aber jetzt ließ die Sonne, die sich mit Mühe durch den Nebel gekämpft hatte, jede

Feuchtigkeit verdunsten und hinterließ in der Luft den modrigen Geruch nasser Erde.

Von dem Blut unten an der Stelle, wo der Körper gelegen hatte, war fast nichts mehr zu sehen, nur noch die Fußabdrücke der Neugierigen, die alles zertrampelt hatten. Er ging erst bis zum Wasser hinunter, ehe er langsam und in Halbkreisen wieder nach oben wanderte und dabei alle Brombeersträucher und kleinen Büsche absuchte. Der Boden war typisch für Flusslandschaften: locker und mit Sand vermischt. Oben auf dem Damm angekommen, machte Di Giuseppe sich wieder auf den Weg nach unten, nur dass er diesmal einen weiteren Kreis beschrieb. Wieder fand er nichts. Er kehrte ans Wasser zurück und durchsuchte schließlich das mit getrocknetem Schlamm überzogene Gebüsch, das aus dem feuchten Sand ragte.

Er rechnete nicht damit, die Tatwaffe zu finden. Wenn sie weggeworfen worden war, dann befand sie sich mit großer Wahrscheinlichkeit auf dem Grund des Flusses. Er hätte sich schon mit viel weniger zufrieden gegeben, mit einer kleinen, auf den ersten Blick unbedeutenden Spur, mit irgendeinem Gegenstand, der dem

Opfer oder seinem Mörder aus der Tasche gefallen war.

Schweißtriefend erklomm er zwischen dem Schilfrohr abermals das Flussufer, um anschließend auf der anderen Seite wieder hinunterzusteigen. Plötzlich fiel ihm unter den Zweigen eines Holunderbeerbaumes etwas auf; es war eine Herrenbrieftasche aus braunem Leder. Er schlug sie auf und spähte in alle Fächer, aber sie war leer.

Bisher war noch kein Sand eingedrungen. Das hieß, dass sie erst vor kurzer Zeit weggeworfen worden war, dachte er. Er suchte noch eine Weile weiter und kehrte dann wieder auf den Damm zurück.

Die wütende Sonne brannte unbarmherzig auf seinen Kopf herab. Er bedauerte es, seine Mütze im Wagen gelassen zu haben. Mit einer Hand seine Augen beschirmend, blickte er in die Ferne, Richtung Osten. Dort lag San Antonio, das flirrend wie eine Fata Morgana inmitten der gelbgrünen Ebene zu schwimmen schien. Di Giuseppe lief weiter bis zu der alten Schleuse. Ein tiefer Riss durchzog das Gebäude, und der Efeu rankte sich hoch bis unters

Dach. Das große Eisengitter war vollständig von Rost zerfressen, ebenso die Eisenkonstruktion, die die kleine Verbindungsbrücke zwischen den beiden Ufern stützte.

Er wandte den Blick in die andere Richtung.

Nicht weit entfernt von der Stelle, an der er stand, verlangsamte sich der Lauf der Idice durch eine weite Biegung. Gleich hinter der Kurve stieg ein dünner Rauchfaden in die Höhe. Er schien direkt zu Füßen einer wuchtigen Eisenkonstruktion zu erwachsen, die über die Erdgasleitung führte. Di Giuseppe blieb weiter oben auf dem Damm und hielt auf diese Richtung zu. Als er um die Biegung kam, sah er das Lager der Zigeuner.

Auf dem Rückweg hielt er bei der Metzgerei an. D'Agostinis Frau drehte die Brieftasche in den Händen hin und her und sagte nur:

«Es ist seine.»

«Es ist für dich», sagte Marra und reichte ihm das Telefon.

«Hallo . . .»

«Hallo, Giovanni.»

Ihre Stimme war so klar, als stünde sie neben

ihm. Stattdessen war sie viel weiter von ihm entfernt, als die Kilometer schließen ließen, die sie tatsächlich voneinander trennten. Dieser Gedanke ließ ihn stumm mit dem Hörer in der Hand verharren. Gebannt starrte er auf die Fliegen, die über die Fensterscheiben liefen.

«Bist du noch da?»

«Ja, natürlich. Wie hast du mich gefunden?», fragte er.

«Ich habe deine Eltern angerufen, es war nicht schwer.»

Es war also leicht, dachte er. Es ist ja nicht schwer, einen Menschen zu finden. Aber er war nicht mehr da, und das wusste sie. So wie sie auch wusste, dass er sich ihretwegen freiwillig zum Militär gemeldet und später nach Norden hatte versetzen lassen. Und jetzt hörte er ihre Stimme. Er schluckte, in der Hoffnung, so ihr Gesicht und die Erinnerungen zurückdrängen zu können, die ihm wehtaten.

«Wie steht's bei euch unten?», fragte er.

«Gut. Und bei dir?»

«Es läuft nicht übel.»

«Also, wir hören doch voneinander, oder?»

«Sicher, Sandra, wir hören voneinander.»

Plötzlich war sie weg, während die Fliegen fortfuhren, auf den dünnen Fäden des Moskitonetzes auf und ab zu spazieren. Er verharrte reglos mit dem Hörer in der Hand, aus dem der Piepston der unterbrochenen Verbindung zu hören war.

An diesem Abend verkündete das Hohe Gericht in der Pasticceria die Überlegenheit des Fiat Uno über den Fiat Tipo. Sansoni, der Friseur am Ort, hatte beide ausprobiert. Er war ein dürrer, hoch aufgeschossener Mensch, dessen Haar oben am Ansatz bereits grau wurde. Er hatte die Angewohnheit, seine Worte mit ausladenden Gesten zu begeiten, so, als wollte er – wie in diesem Fall – auch noch die letzten Zweifel an den Vorzügen des Fiat Uno zerstreuen, der seinen Worten zufolge im Innenraum jedoch ein klein wenig enger als der Fiat Tipo geraten war. Der Jungunternehmer Ugo Bassi, ein Blondschopf, der normalerweise nur teure Markenkleidung trug und nie die Krawatte abnahm, setzte noch eins obendrauf. Bassi, der eine bescheidene Werkstatt besaß, in der er Berieselungsanlagen mit Handaufzug herstellte, ließ sich geradezu leidenschaftlich über die – im Verhältnis zum Rest des Autos – überdimensional geratene hintere Partie des fraglichen Modells aus. Aber als Gioretti sein Glas mit prickelndem Weißwein auf den Tisch stellte und ein lapidares «Und ich sage, dass die technische Perfektion des Uno über jede Diskussion erhaben ist» von sich gab, da empfand keiner von beiden mehr das Bedürfnis, etwas dagegen einzuwenden. Selbst der Friseur war im tiefsten Herzen froh und glücklich, da auch an diesem Abend wieder ein Urteil gefällt worden war, das Klarheit schuf, jeden Zweifel vertrieb und dem Schlaf den Weg ebnete.

In San Antonio wurde viel geredet, das stimmt. Wie in einem windgeschützten Bienenstock verstummte das Stimmengewirr nie. Es setzte an der Haustür ein, fand seine Fortsetzung erst beim Obst- und Gemüsehändler, dann in der Bar und schließlich während der sonntäglichen Messe. Es glich einem aus Flüstern und undefinierbarem Gemurmel gewebten Spinnennetz, das höchstens mal vom lauten Stottern eines Auspufftopfs auf der Straße unterbrochen wurde. Dann nutzte man die Zwangspause, um neue Ideen zu sammeln, um die Ansichten zu klären und die Diskussion mit Vehemenz wieder aufzunehmen, sobald die Störung entfernt war.

Es ist überall dasselbe: Je heftiger debattiert wird, desto unbedeutender sind die Themen. Und je kleiner der Ort, desto nichtssagender ist das Geschwätz. Der Mord an D'Agostini war aber nun wahrlich kein läppisches Thema, sondern riesengroß und mit Ausmaßen wie das Sternenzelt, das man nur staunend und wortlos bewundern kann.

Alle wussten es, aber keiner redete darüber.

Nur hin und wieder wurde ein wissender Blick getauscht, oder eine Bemerkung entschlüpfte ansonsten fest verschlossenen Lippen. «Eine solche Schande, der Ärmste, was für ein schreckliches Ende», und dann nichts mehr, da die Worte, die früher wie Pusteblumen von Mund zu Mund flogen, nun schwerer als Blei wogen. Man kaufte sich *Il Resto del Carlino* und mit einem raschen, verlegenen Blick über die Schulter, als handelte es sich um einen pornographischen Text, überflog man den Lokalteil der Zeitung. Selbst die Mitglieder des Hohen Gerichts hielten sich an die Regeln. An den direkt auf das Verbrechen folgenden Abenden ließ sich keiner von ihnen in der Pasticceria blicken. Der Friseur schützte Magenbeschwerden vor, Gioretti stellte plötzlich fest, wie viel unaufschiebbare Arbeit in der Bank liegen geblieben war, und der Jungunternehmer ließ wissen, dass er von einem Bewässerungsprojekt dermaßen mit Beschlag belegt sei, dass es seinen Einsatz auch abends erforderte.

So wurde der Mord im Gedächtnis des Ortes in jenen Winkel verbannt, der den großen und existenziellen Themen des Lebens vorbehalten ist, mit denen man sich nie direkt auseinander setzt, da sie zu groß und zu schwierig sind. Man gibt sich damit zufrieden, sie hin und wieder mit einer obligaten Bemerkung zu bedenken, nach dem Motto: «So ist das Leben, ein einziges Jammertal», um sofort wieder an etwas anderes zu denken. Man ist zufrieden, einen tief schürfenden Beitrag geleistet zu haben, und wiegt sich in Sicherheit durch die Tatsache, dass sich dadurch zwar nichts ändern, dass aber auch nichts von dem, was man tut, in Frage gestellt wird.

«Und du behauptest, das hier unten am Fluss gefunden zu haben?»

«Genau, ungefähr zehn Meter von der Leiche entfernt.»

Marra hatte dem Carabiniere den Rücken zugewandt und schien nachzudenken. Das grelle Morgenlicht drang nur gedämpft durch die angelehnten Fensterläden. Der Brigadiere machte ein paar Schritte und blieb vor den vergilbten Drucken stehen, die an der Wand hingen.

«Und die Frau . . .»

«Sie hat es bestätigt, die Brieftasche gehört dem Opfer.»

Marra drehte sich zu Di Giuseppe um.

«Was hältst du davon?«

«Ich glaube nicht, dass es der Mörder war, der die Brieftasche weggeworfen hat. Ich sehe keinen Grund dafür.»

«Vielleicht wollte er die Ermittlungen auf eine falsche Fährte locken und einen Raubmord vortäuschen.»

«Das ist ziemlich unwahrscheinlich. Wenn man will, dass man an einen Raub denkt, lässt man die Brieftasche doch gut sichtbar liegen.

Man wirft sie nicht weit weg und riskiert, dass sie keiner findet. Ich glaube, dass hinterher irgendjemand den Toten umgedreht hat, möglicherweise eine Person, die mit dem Mord nichts zu tun hat. So würden sich auch die Blutspuren rings um die Leiche erklären. Natürlich sind das nur Vermutungen . . .»

Marra trat ans Fenster und öffnete schwungvoll die Läden, die mit einem lauten Schlag gegen die Mauer knallten.

«Schwachsinn! Wer meinst du wohl, spaziert nachts unten am Fluss herum? Und gefischt wird auch noch nicht. Ja, das sind alles nur Vermutungen. Ich verstehe schon, dass euch jungen Polizisten ein komplizierter Fall besser taugen würde, aber das hier ist ein simples Provinzverbrechen. Und wahrscheinlich sind ein paar Trottel darin verwickelt, deren Gehirn normalerweise auch nur zu ganz simplen Überlegungen fähig ist. Du hast doch gehört, was die Witwe gesagt hat, oder? Dort müssen wir zu suchen anfangen, im persönlichen Sumpf von D'Agostini.»

Marra trat hinter seinen Schreibtisch und nahm einen Zettel.

«Das ist die Adresse eines Lokals, in dem dieser Mensch regelmäßig verkehrte. Morgen fährst du hin und hörst dich um, vielleicht kommt ja etwas heraus.»

Der Brigadiere setzte sich und zündete sich eine Zigarre an, als wollte er damit die Diskussion für beendet erklären. Di Giuseppe nahm den Zettel und stand auf.

«Ich hätte noch eine Frage an Sie», sagte er.

«Und die wäre?»

«Also, die Tatsache ... Na ja, bisher habe ich nur hier im Ort ermittelt, das war kein Problem, aber wenn ich jetzt außerhalb arbeiten soll ... Also, die Uniform könnte dabei vielleicht hinderlich sein, verstehen Sie?»

«Sicher, natürlich. Dann kleide dich zivil, wenn du willst.»

«Und noch eine letzte Sache, Brigadiere. Ich habe Ihnen doch von diesem Lager erzählt ...»

«Ah, ja, die Zigeuner. Was ist daran so merkwürdig? Italien ist voll von fahrendem Volk.»

«Ja, stimmt, aber die Zigeuener vom Fluss haben ihre eigene Geschichte. Praktisch waren sie schon immer da, vielleicht schon bevor San

Antonio entstand. Es hat auch mal eine Fotoausstellung darüber gegeben, über die Zeit, als sie noch mit Pferden und Wagen hierher kamen. Das Lager da unten benutzten sie als Rastplatz während der Fahrten zwischen Bologna und Argenta. Und seitdem sind sie dort geblieben, das ist alles.»

Di Giuseppe machte einen Schritt auf den Brigadiere zu.

«Vielleicht sollten wir ihnen ein paar Fragen stellen. Sie könnten vielleicht den Schuss gehört oder etwas gesehen haben, nicht wahr?»

Marra streifte sorgfältig die Asche der Zigarre ab, ehe er eine Antwort gab.

«Ich bitte dich, Giovanni, die sind doch immer sturzbesoffen, sobald es dunkel wird, und außerdem weißt du, wie Zigeuner sind: Sie hören und sehen nichts. Mach, was du willst, aber für mich ist das Zeitverschwendung.»

Mittags aß er allein in der Küche der Kaserne. Hastig schaufelte er das Essen in sich hinein, während er mit seinen Gedanken ganz woanders war, bei dem Telefonat mit Sandra.

Obwohl zwischen ihnen alles aus war, hatte ihre Stimme – wie eine unverdaute Mahlzeit, die leichte Übelkeit verursacht – Erinnerungen in ihm wachgerufen, die er am liebsten für immer ausgelöscht hätte. Diese Periode seines Lebens hatte er eigentlich hinter sich gelassen, nun bereitete sie ihm aber erneut Schmerzen und Qualen.

«Wir sind füreinander geschaffen.» Wie oft hatte er ihr das gesagt? Oft, zu oft, und immer hatte sie mit ihrem spöttischen Lachen darauf geantwortet, das er so gerne als Zeichen der Zustimmung interpretiert hätte, während es doch nur Ausdruck von dummer Eitelkeit gewesen war. Und jetzt, da er nicht mehr in der Nähe war und das Spiel nicht mehr funktionierte, versuchte sie, die Fäden wieder aufzunehmen, um vielleicht wieder von vorne anzufangen oder um sich weiter selbst wehzutun.

Er beschloss, den Espresso in der Bar Patrizia zu trinken. Es war bequem, er musste nur kurz über die Straße und den Platz, und außerdem wollte ihm nicht mehr aus dem Kopf, dass der Kellner bestimmt über alles auf dem Laufenden war, was sich am Ort tat.

Zudem war er neugierig, was es mit der Tatsache auf sich hatte, dass der Mann bei der Erwähnung des Brigadiere so zurückhaltend reagiert hatte. Weshalb diese plötzliche Befangenheit? Welche Beziehung bestand zwischen dem Brigadiere und der kleinen Stadt? Seit er in San Antonio angekommen war, hatte er Marra fast nie die Kaserne verlassen sehen. Von seinem Büro aus ging er immer direkt in seine Wohnung und umgekehrt. Noch etwas war ungewöhnlich: Während der offiziellen Öffnungszeiten der Polizeistation hatte sich noch nie jemand bei ihnen blicken lassen, nicht einmal, um das Verschwinden einer Katze oder den Diebstahl eines Fahrrads zu melden. An all das musste er denken, während er die Piazza überquerte und sich dabei immer im Schatten der Linden hielt.

«Einen Kaffee», sagte er.

Alles war wie beim letzten Mal: Die Tuborg-Uhr zeigte immer noch zwanzig Minuten nach drei an, und die Fliegen flitzten ungestört über die Theke aus Edelstahl. Auch der Kellner betrachtete ihn mit derselben Neugier im Blick wie beim letzten Mal. Nur der alte Mann, der jetzt an einem der Tische saß und Zeitung las, war nicht da gewesen. Di Giuseppe nahm die Mütze ab und legte sie auf die Theke.

«Dieser Sommer scheint überhaupt kein Ende mehr zu nehmen.»

Der Barmann stellte ihm die Tasse hin und lächelte.

«Wir haben uns mittlerweile daran gewöhnt, aber wenn ich mich nicht irre, dann kommen Sie . . .»

Giovanni wusste, worauf er hinauwollte.

«Ja, ich komme aus Kalabrien, und dort unten ist mit der Hitze auch nicht zu spaßen, aber hier ist es anders, hier raubt sie einem regelrecht den Atem.»

«Es ist eine Hitze, die einem manchmal zu Kopf steigt», antwortete der Kellner.

«Wie meinen Sie das?»

«Na, das kriegen Sie doch auch mit, oder? Was man alles so im Fernsehen sieht.»

«Oder auch in San Antonio, wie mir scheint.»

Der Kellner senkte den Blick.

«San Antonio ist ein ruhiges Dorf.»

Di Giuseppe trank einen Schluck. Hinter

seinem Rücken schlug der Alte die Zeitung auf und sagte:

«Heutzutage ist es doch überall dasselbe. Es ist nicht die Hitze, die einem zu Kopf steigt, nein, nein, Signori. Die Hitze, die hat es hier immer schon gegeben, und ich habe schon einige Jahreszeiten kommen und gehen sehen, das kann ich Ihnen sagen. Ich kann mich an Sommer erinnern, da mussten wir die Rüben mit einer Hacke heraushauen, deren Griff glühend heiß war. Ein Holzgriff, wohlgemerkt.»

Giovanni wandte sich dem Mann zu, der Daumen und Zeigefinger aneinander rieb.

«Das ist es, was zu Kopf steigt.»

«Das liebe Geld.»

«Aber sicher! Die Kröten, die Mäuse, wie immer man das nennen will. Heute muss doch jeder ein neues Auto haben und will sich ein schönes Leben machen mit viel Freizeit und wenig Arbeit. Ach, als ich noch jung war . . .»

Giovanni hörte ihm nicht mehr zu und trat an die Glastür, die auf den Platz hinausführte. Das Licht war so grell, dass er die Augen zusammenkneifen musste. Ein Lastwagen, der mit hoher Geschwindigkeit auf der Straße vorbeifuhr, ließ das Schaufenster erzittern. Er verlor sich in Erinnerungen an vergangene Sommer, die er auf dem Land bei seinem Großvater oder unten im Dorf verbracht hatte, wo ein ebenso klebriger Geruch nach geschmolzenem Teer in der Luft gelegen hatte. Wenn er die Augen schloss, war er wieder der kleine Giovannino, der an der Hand seines Vaters, der die Uniform eines Marineoffiziers trug, aus dem Haus trat oder im Cafè Delle Rose eine kalte Limonade schlürfte, während seine Mutter ihn ermahnte: «Trink langsam, sie ist eiskalt.» Nein, der Alte hatte Recht, die Hitze hatte damit nichts zu tun. Sie ist, wie sie ist, so wie Düfte oder Gerüche. Man muss nur die Augen schließen, und schon nehmen sie wieder Gestalt an, wo immer sie im Fluss der Zeit auch gesteckt haben mochten.

«... wir haben nur Kartoffeln gegessen, wenn es uns gut ging, und ...»

Unvermittelt hörte der Alte zu reden auf. Di Giuseppe drehte sich um und sah Marra unter der Tür stehen.

Der Brigadiere warf einen Blick in ihre Richtung und ging weiter an die Theke.

«Meine Zigarren.»

Er grüßte und ging wieder hinaus, ohne noch etwas hinzuzufügen.

In dieser ganzen Zeit hatte Di Giuseppe reglos neben dem Schaufenster gestanden. Er hätte zu Marra hingehen, ihn begrüßen und ein paar Worte mit ihm wechseln sollen. Es war doch nichts Merkwürdiges daran, dass der Brigadiere in eine Bar kam, um sich Zigarren zu kaufen, oder? Und trotzdem hatte er den Eindruck, als hätte seine Gegenwart alle verunsichert.

Der Abend schleppte sich träge dahin. Sogar die Schwalben, die am Himmel auf und ab flogen, schienen keine Eile zu haben. Er war noch einmal an den Fluss zurückgekehrt und holperte jetzt über den Feldweg, der zur Straße führte. Einige der im Osten gelegenen Felder waren mit Sonnenblumen bepflanzt, und ein alter Mann mit einer Sense mähte das Gras, das am Rand der Böschung wuchs. In einigen hundert Metern Entfernung sah man ein altes Bauernhaus.

Er brachte den Fiat Panda neben dem Mann zum Stehen und stieg aus.

Der sah ihn an, hörte aber nicht zu mähen auf.

«Ist das da unten Ihr Haus?», fragte Di Giuseppe.

Jetzt unterbrach der Alte seine Arbeit und drehte sich in Richtung des Hauses, das im Abendlicht glühend rot über den Feldern zu schweben schien.

«Ja, das ist meins.»

«Wissen Sie, dass unten am Fluss ein Mann getötet wurde?»

Der Alte strich langsam mit einem Finger über die Schneide der Sense, als wollte er deren Schärfe prüfen.

«Ich habe es gehört.»

«Kannten Sie das Opfer?»

Der Mann lächelte und rückte sich den Strohhut auf dem Kopf zurecht.

«Nein, ich habe ihn nicht gekannt, aber ich werde Ihnen etwas sagen: Ich habe schon vor langer Zeit aufgehört, mich für das Treiben der Menschen zu interessieren. In meinem Alter gleichen die Menschen, die einem begegnen, jenen Schwalben da oben, eine ist wie die andere. Man sieht sie vorüberfliegen und weiß, dass sie manchmal wiederkommen, manchmal nicht. Kommen sie zurück, grüße ich sie, wie ich jemanden grüßen würde, der mir auf der Straße begegnet. Sieht man sie nicht mehr, was soll's, das Leben geht weiter, und vielleicht sieht man sie ein anderes Mal. Für die jungen Leute ist das anders, sie stellen Fragen, und das ist auch gut so. Aber es gibt einen Augenblick, da hört man zu fragen auf, vielleicht, weil es zu viele Fragen auf dieser Welt gibt, oder vielleicht, weil man ab einem bestimmten Punkt keine Antworten mehr geben kann.»

Er drehte sich zu den Feldern.

«Sehen Sie diese Sonnenblumen? Früher folgten sie dem Lauf der Sonne von ihrem Aufgang bis zu ihrem Untergang, und das taten sie alle zusammen, bis sie geschnitten wurden. Heute gibt es das nicht mehr, heute torkeln sie wie die Betrunkenen auf der Suche nach der Haustür herum. Warum? Was hat sich verändert, dass sie so blind und faul geworden sind? Es gibt bestimmt eine Antwort, weil es auf alles eine Antwort gibt, aber wir Alten werden sie sicher nicht finden, wir können uns nur an die Dinge erinnern, wie sie einmal waren.»

Aus dem Zimmer nebenan hörte er das Pfeifen und das Knistern aus der Gegensprechanlage, die auszuschalten man vergessen hatte. Di Giuseppe lag mit geschlossenen Augen auf dem Feldbett, aber er war nicht müde.

Als er sie fragte, ob sie ihn heiraten wolle, war es Winter, und die Sonne glich einer weißen, frisch polierten Scheibe. Vom Meer her wehte ein kalter Wind, der die Straßen mit Sand überzog. Sie sah ihn nicht an, sondern blickte auf das Meer hinaus, als sie antwortete: «Wie dumm von dir, du weißt doch, dass ich Michele liebe.» Auf ihren schwarzen Haaren, die ihr bis auf die Schultern fielen, glitzerten die Sandkörner wie Salzkristalle. Danach tat er etwas, das er noch nie getan hatte. Er betrank sich, bis ihm übel wurde und der Wirt ihn des Lokals verwies, weil er zu jammern und zu lamentieren angefangen hatte, dass das einfach nicht möglich sei, dass er nie und nimmer so dumm gewesen sein konnte.

Er stand auf und ging ans Fenster.

Der rote Vollmond glich einem Ball, den man über den Hausdächern aufgehängt hatte. Auf der Landstraße pulsierte der Verkehr wie das Blut in einer sich in regelmäßigen Abständen erweiternden Arterie. Unten auf der Piazza waren noch Leute unterwegs, und auch vor der Bar saßen ein paar späte Gäste.

Die Casa del Popolo war hell erleuchtet. Er beugte sich aus dem Fenster, konnte aber niemanden sehen, vielleicht wurde im Innern des Freizeitheims Karten gespielt. Alle diese Menschen schienen ruhig und gelassen ihren gewohnten Verrichtungen nachzugehen, wie in jedem Sommer. Aber dabei wirkten sie weder apathisch noch gleichgültig, sie schienen eher auf etwas zu warten, ohne Absicht, am gegenwärtigen Zustand irgendetwas verändern zu wollen. Der Ausdruck «Gleichgewicht» kam ihm in den Sinn.

Genau das war es. Das schreckliche Ereignis hatte sie in einen Zustand des Gleichgewichts versetzt, das niemand zerstören wollte. Ein Zustand, dachte er, der einiges bereinigt hatte und allen nur recht war.

Als er sich umdrehte, um sich wieder hinzulegen, war der Mond über die Dächer hinausgewandert und hatte an Farbe verloren.

«Die Adriaküste ist sauber, es liegen chemische und bakteriologische Untersuchungen vor, die das belegen. Zahlen sind Zahlen, und die Wissenschaft erzählt keine Lügen, meine Lieben.»

Der Friseur rutschte nervös auf seinem Stuhl hin und her. In vierzehn Tagen würde er, wie jedes Jahr, nach Cesenatico aufbrechen, wo er die Ferien verbringen wollte.

«Wenn das Meer dort so sauber ist, warum gibt es dann so viele Algen?», wollte mit einem ironischen Unterton Stefano Balducci wissen, der Bankbote der Cassa Rurale. Außer für seinen silbergrauen Spitzbart hegte er eine besondere Vorliebe dafür, sich in die Diskussionen des Hohen Gerichts einzumischen, um auf diese Weise immer wieder die alte Rivalität zwischen dem Friseur und Giorgetti zu schüren. Natürlich nur mit dem einzigen Ziel, letzterem die Stange zu halten, der dieses Entgegenkommen jeden Morgen dadurch honorierte, dass er ihn noch vor dem Kassierer begrüßte.

Der Friseur, in dem langsam Wut hochstieg, setzte sich die Brille auf, was er immer nur dann tat, wenn seine innere Spannung ein Niveau erreicht hatte, bei dem Achtung geboten war. Mit der Zeitung fuchtelnd, ließ er eine Litanei von Zahlen vom Stapel, die seiner Aussage nach die unbestreitbare Gesundheit des fraglichen Meeres belegen sollten. Balducci warf Giorgetti einen verstohlenen Blick zu, der, wie es sich für einen unparteiischen Richter gehörte, mit seiner Äußerung jedoch wartete, bis er alle notwendigen Daten zur Verfügung hatte.

«Na schön», sagte Balducci, «das Meer ist gesund. Aber du hast immer noch nicht auf meine Frage geantwortet, warum es so viele Algen gibt?»

Die Frage brachte die letzte Barriere zum Einsturz, die es dem Friseur noch gestattet hätte, einigermaßen zivilisiert darauf zu reagieren. Kreidebleich im Gesicht sprang er auf.

«Und dabei heißt es doch immer, dass Algen essbar sind.»

Dieser mit wenig Überzeugung in die Runde geworfene Satz des Jungunternehmers

Giorgio Bassi hatte auf Sansoni dieselbe Wirkung, wie der Ruf «Land in Sicht!» auf einen im Ozean treibenden Schiffbrüchigen gehabt hätte. Schlagartig hatte er sich wieder im Griff.

«Das stimmt!», rief er. «Man scheint sie nicht nur essen zu können, sie scheinen auch noch reich an Nährstoffen zu sein, und wie es aussieht, werden sie in Zukunft für die Menschheit eine wichtige Nahrungsquelle darstellen!»

Die Kirchturmuhr schlug Mitternacht. Mittlerweile waren aller Augen ungeduldig auf Giorgetti gerichtet, aber dieser griff, statt endlich das Wort zu ergreifen und den Urteilsspruch zu fällen, erst nach seinem Glas mit moussierendem Weißwein. Verunsichert kratzte Balducci sich am Spitzbart.

«Weißt du was, kann schon sein, dass man sie essen kann, aber sie stinken. Es ist, als würde man in einer Jauchegrube baden.»

Und da endlich erhob Giorgetti sich, knöpfte mit langsamen Bewegungen seine Jacke zu, richtete sich stolz und würdevoll zu seiner ganzen Höhe von einem Meter sechzig auf und verkündete den schicksalhaften Spruch:

«Und ich sage, dass an der Riviera drüben in Ligurien, wo ich hinfahre, das Wasser sauber ist, und dass man da auch ohne Algen hervorragend isst.»

Balducci grinste zufrieden.

Das *Pamela* lag nur wenige Kilometer von Medicina entfernt auf einem weitläufigen, freien Gelände, das als Parkplatz diente. Von der Straße aus hätte man es leicht für eine Werkhalle oder für ein großes Lebensmitteldepot halten können, in dem vielleicht Obst verarbeitet wurde. Es war ein Mittelding zwischen hypermoderner Diskothek und altem Tanzschuppen, dessen Namen es auch noch trug.

Ein grauer, schwerer Wagen war nahe am Eingang geparkt. Di Giuseppe stellte seinen Fiat Panda daneben ab. Aus dem Lokal kam ihm ein Mann entgegen und stellte sich ihm vor.

«Ich bin Benedetti, mir gehört die Diskothek. Haben wir miteinander telefoniert?»

Es war ein großer, nicht mehr ganz junger Mann mit wenigen gefärbten und penibel nach hinten gekämmten Haaren. Der große Mund mit den nach oben gezogenen Mundwinkeln zauberte ihm ein falsches Lächeln auf die Lippen.

«Ja, das bin ich», erwiderte Di Giuseppe.

«Kommen Sie mit.»

Bis auf die jeweils zu Dreiergruppen zusammengefassten blauen Samtsessel bestand die Einrichtung des Lokals aus im kalten Licht der Scheinwerfer glänzenden Gerüsten aus Aluminiumrohren. Di Giuseppe sah sich um.

«Gefällt es Ihnen? Es hat mich ein Vermögen gekostet, die Einrichtung zu ändern.»

«Es sieht hier zwar wie auf einer Baustelle aus, aber es macht was her.»

Der Mann grinste.

«Man muss sich den Zeiten anpassen, da kann man nichts ändern. Heutzutage ziehen die jungen Leute von einer Diskothek zur anderen, und wenn man bei dieser Konkurrenz nicht mithalten kann, ist man geliefert.»

Sie nahmen in der Nähe der Bar Platz, und der Mann ging zum Tresen.

«Kann ich Ihnen etwas anbieten?»

«Nein, danke, ich nehme nichts.»

«Also ich trinke ein Gläschen.»

Er kehrte mit einem Glas zurück, das randvoll mit einer gelben Flüssigkeit war, und stellte es auf die Glasplatte des Tischchens. Mit einer auffordernden Geste setzte er sich.

«Wir sind allein, was wollen Sie von mir wissen?»

Di Giuseppe öffnete das Notizbuch, das er in seinen Händen hielt.

«Wie ich Ihnen bereits am Telefon angedeutet habe, hätte ich mit Ihnen gern ein wenig über Signore D'Agostini geplaudert. Sie kannten ihn ja zweifelsohne gut, da Sie, wenn ich es diesen Unterlagen richtig entnehme, Geschäftspartner waren.»

Der Mann nahm einen Schluck von der gelben Flüssigkeit.

«Nein, keine richtigen Geschäftspartner. Er hatte mir in einem Augenblick der Not lediglich das Geld geliehen.»

«Darüber hinaus haben Sie, wenn ich hier richtig lese, auch Immobiliengeschäfte mit ihm getätigt.»

«Oh, nur kleinere Vermittlungen, keine großen Sachen.»

Di Giuseppe schloss sein Notizbuch.

«Signor Benedetti, ich bin nicht hierher gekommen, um meine Zeit zu verschwenden, ganz im Gegenteil. Und ich will Ihnen noch etwas sagen: Ich könnte Ihnen noch länger aus diesem Büchlein vorlesen, in dem einige Dinge stehen, die Sie betreffen und die wenig angenehm sind. So zum Beispiel die Unannehmlichkeiten, die Sie mit der Justiz hatten, oder Ihre Probleme hier mit diesem Lokal, aber ich tue es nicht. Wie Sie sehen, habe ich mein Notizbuch geschlossen. Das interessiert mich alles nicht.»

«So, und jetzt fangen wir ernsthaft noch mal von vorne an, und wenn Sie meine Fragen beantwortet haben, werde ich gehen, und Sie werden mit keinerlei Konsequenzen zu rechnen haben. Wenn nicht, werde ich das, was hier steht, nicht außer Acht lassen können, und dann dürften die Probleme für Sie erst so richtig losgehen. Was meinen Sie dazu, Signor Benedetti?»

«Wollen Sie mir drohen?»

«Ich habe Ihnen nur gesagt, dass ich meine Zeit nicht verschwenden will.»

Der Mann zog eine Grimasse, bis sein Mund ganz schief war, und stellte das Glas ab.

«Was wollen Sie wissen? Los!»

«Erzählen Sie mir von Ihrem Freund.»

«Ich habe mit dem, was passiert ist, nichts zu tun.»

«Und wer hat etwas damit zu tun, bitte schön?»

«Keine Ahnung! Ich weiß absolut nichts über diese Geschichte.» Er fasste sich an den Kopf und holte tief Luft. «Er hat zu mir gesagt . . . wenn eine bestimmte Sache gut für ihn liefe, würde er eine schöne Stange Geld bekommen.»

«Was war das für eine Sache?»

«Und ich sage Ihnen doch, dass ich es nicht weiß! Mir hat er nie etwas gesagt.»

«Wem dann?»

Der Mann griff nach dem Glas und nahm einen tiefen Schluck.

«Hören Sie, ich weiß nur, dass er versucht hat, eine bestimmte Summe von einer bestimmten Person aus San Antonio zu bekommen.»

«Für welche Gegenleistung?»

«Gegenleistung ... Er hatte Aufzeichnungen, er wusste gewisse Dinge, die ...»

«Also Erpressung, richtig?»

«Wahrscheinlich ja, aber ich weiß nicht, um wen es sich dabei handelte oder welche Informationen er in der Hand hatte. Das müssen Sie mir glauben! Ich habe mein Lokal, ich habe mit solchen Dingen nichts zu tun, heute geht's mir gut!»

Wieder nahm er das Glas und trank es vollständig aus.

«Aber falls sie heute Abend kommt, dann werde ich Ihnen eine Dame vorstellen, die ihn sehr gut kannte», sagte er.

Sie zündete sich eine Zigarette an und rauchte sie in kurzen, nervösen Zügen. Sie hatte blondes Haar, das auf dem Oberkopf zusammengefasst war, und behielt die ganze Zeit über ihre Handtasche auf den Knien, obwohl die Sessel ringsum alle unbesetzt waren. Das Lokal hatte gerade aufgemacht, und im Halbdunkeln des Saales bewegten sich erst wenige Menschen.

«Hören Sie, Maresciallo –»

«Ich bin kein Maresciallo.»

«Gut, dann sind Sie kein Maresciallo, aber ich möchte wegen dieser Geschichte nicht in die Zeitung kommen, ich habe nichts getan.»

«Wenn Sie nichts getan haben, dann haben Sie auch nichts zu befürchten.»

«Ich kannte Gio . . . Signore D'Agostini, das stimmt.»

«Waren Sie seine Geliebte?»

«Ich war eine Freundin, eine von vielen.»

»Daran habe ich nicht gezweifelt.»

«Wie bitte?»

«Ich sagte, ich habe nicht daran gezweifelt, dass Signore D'Agostini viele Freundinnen hatte, aber ich habe den Eindruck, als seien Sie diejenige, die, sagen wir mal, am häufigsten Kontakt mit ihm hatte. Richtig?»

«Wenn Sie das so sagen, wird es wohl stimmen.»

«Wussten Sie, dass D'Agostini verheiratet war?»

«Ja, das wusste ich, und?»

«Nichts weiter, ich habe Ihnen nur eine Frage gestellt.»

«Er wollte sie verlassen.»

«Wie bitte?»

«Ich sagte, er hatte die Absicht, sich scheiden zu lassen.»

«Um Sie zu heiraten?»

«Ja.»

«Dann waren Sie also nicht nur eine einfache Freundin?»

«Das habe ich Ihnen doch vorhin schon gesagt, oder?»

«Es ist besser für Sie, mir die Wahrheit zu sagen.»

«Ich sage Ihnen doch die Wahrheit! Sie sind derjenige, der mir Dinge in den Mund legt, die ich nicht gesagt habe!»

Sie drückte die Zigarette aus und zündete sich sofort wieder eine neue an.

«Wenn Sie ihn heiraten wollten, dann wussten Sie doch sicher alles über ihn, über seine Arbeit, über sein Privatleben.»

«Ich wusste nur, dass er eine Metzgerei besaß und ... dass er Geschäfte mit Häusern machte.»

«War er Immobilienmakler?»

«Ich weiß nicht, ob er ein Makler war, wie Sie sagen, ich weiß nur, dass er sie kaufte und verkaufte.»

«Um Häuser zu kaufen, braucht man Geld.»

«Er hatte ja die Metzgerei.»

«Hat er Ihnen gegenüber je etwas von einem aktuellen Geschäft erwähnt, von Geldern, die bei ihm eingehen sollten?»

«Wie ich bereits sagte, er war Geschäftsmann ... Ja, er hat eine bestimmte Summe erwähnt, die er von jemandem bekommen sollte, aber mehr hat er mir nicht verraten, das müssen Sie mir glauben! Ich weiß absolut nichts über das, was er tat.»

Das Orchester begann, eine langsame Nummer zu spielen, und ungefähr zwanzig Paare hielten sich dazu auf der Tanzfläche umfangen.

Die Strahlen des Sonnenuntergangs tasteten sich über den Himmel. Die rote Scheibe der Sonne war zur Hälfte von Wolken verhangen, sodass sie wie ein großer, flacher Teller erschien, der in der waagrechten Linie des Horizonts steckte.

Di Giuseppe fuhr langsam über die Ebene, die immer stärker an Farbe verlor und schließlich verblasste. Das Zwielicht schien den weitläufigen Feldern die Freiheit und Leichtigkeit wiederzugeben, die das Tageslicht ihnen absprach. Die Dunkelheit, die sich wie eine dicke Decke über das Land legte, bettete Feindseligkeit und Leidenschaft gleichermaßen zur Ruhe. Die Nacht würde sie von allen Geistern befreien.

Bei einem Auto nach dem anderen blendeten die Lichter auf. Di Giuseppe schaltete automatisch die Scheinwerfer seines Fiats ein und betrachtete die hohen Maste mit Metalldrähten, die entlang der Felder verliefen und Tausende von Volt von einem Teil der Region in den anderen transportierten. Die Straße schien wie mit dem Lineal gezogen, endlos.

Felder, die weder einen Anfang noch ein Ende zu haben schienen. Einen Moment lang hatte er das Gefühl, in einen langen Traum eingetaucht zu sein, sich im Kopf auf eine Reise begeben zu haben – ein ähnliches Gefühl, wie wenn man gegen Abend in den Schlaf hinüberdämmert, während ringsum Klänge und Umrisse langsam verschwinden, ihre Konturen verlieren.

«... und so wissen wir jetzt, dass D'Agostini wahrscheinlich jemanden in San Antonio erpresst hat.»

Di Giuseppe verstummte und sah den Brigadiere erwartungsvoll an. Marra, der hinter seinem Schreibtisch saß, schnitt mit langsamen Bewegungen seine Zigarre in der Mitte durch, legte eine Hälfte in die Schachtel zurück und zündete die andere an. Er blies den Rauch über die Papiere, die vor ihm lagen, und entgegnete schließlich:

«Schön. Du hast gute Arbeit geleistet. Morgen schreibe ich den Bericht an den Staatsanwalt, und dann können wir uns allmählich auf den Umzug vorbereiten.»

«Aber ... Haben Sie nicht gehört, was ich gesagt habe? Wir haben es hier mit Erpressung zu tun! Hier in San Antonio. Warum versuchen wir nicht herauszubekommen, um wen es sich dabei gehandelt hat?»

«Eine Erpressung, soso. Das war doch genau die Sorte Mensch, die von Erpressungen lebt! Eine hier, eine in Ferrara, eine in Bologna, und so weiter. Und die sollen wir alle untersuchen, diese Fälle, wie? Ach ja, das hat man dir sicher in deinem Kurs beigebracht. Aber wir haben keine Zeit mehr, wir können nur noch das bisschen Papierkram erledigen und den Stab weiterreichen. Wenn unsere Nachfolger sich damit beschäftigen wollen – nur zu.»

Marra stand auf und trat an den Schrank, der unter dem Fenster stand. Er öffnete ihn, und als er sich umdrehte, hielt er ein Glas und eine Flasche Kognak in der Hand.

«Komm, gönnen wir uns ein Tröpfchen. Das hebt die Stimmung.»

«Nein . . . danke, aber . . .»

«Oh, ich weiß, dass wir im Dienst sind, aber uns sieht ja keiner.»

«Nein, ich trinke nur keinen Alkohol.»

«Schade.»

Er leerte das Glas und blieb stehen. Er beobachtete etwas draußen vor dem Fenster. Die Sonne, die durch die Scheiben fiel, ließ seine silbergrauen Haare aufleuchten.

«Darf ich Sie fragen, wohin man Sie versetzen wird, Brigadiere?»

Ein Ruck durchlief den älteren der beiden Männer, als hätte man ihn aus tiefsten Gedanken gerissen.

«Wie bitte? Ah, wo man mich hinschicken wird, fragst du.»

Er füllte erneut das Glas und kehrte an den Schreibtisch zurück. Sein Blick war müde, als er antwortete, und die Haut unter seinem Kinn lag welk auf seinem Hemdkragen.

«Ich weiß nicht, wo man mich hinschicken wird. Um die Wahrheit zu sagen, ich habe nicht einmal eine Bitte geäußert. Irgendwohin, nehme ich an.»

Langsam, aber ohne offensichtlichen Genuss, trank er noch einen Schluck.

«Weißt du, ich bin jetzt schon so lange in San Antonio, dass ich das Gefühl habe, ich sei schon ewig hier ... du weißt doch, wie so etwas läuft, man schiebt bis zum Schluss jeden Gedanken daran beiseite.»

«Ich weiß, was Sie damit sagen wollen.»

«Nein, ich glaube nicht, dass du das wissen kannst.»

Sein Blick schweifte ab, zum Fenster hinaus.

Die Putzfrau kam pünktlich gleich nach dem Mittagessen. Leise bewegte sie sich durch die Räume, Stühle rückend und Staub von den

Möbeln wischend. Präzise und sicher vollführte sie ihre Tätigkeit.

«Was denken Sie eigentlich über den Mord?», wollte Di Giuseppe von ihr wissen.

Verlegen und überrascht drehte sie sich um.

«Ich ... ich habe nur davon reden gehört.»

Mit hastigen Bewegungen fing sie rasch wieder zu putzen an. Sie warf ihm einen misstrauischen Blick zu.

«Aber diesen Giovanni D'Agostini, den haben Sie doch gekannt, oder?»

«Seine Familie kenne ich flüchtig.»

«Was spricht man denn im Ort so über das, was passiert ist? Man spricht doch darüber, oder?»

«Ich kümmere mich nicht um das Gerede der anderen, ich mache nur meine Arbeit.» Rasch beendete sie ihre Tätigkeit in dem Zimmer, sammelte Schrubber und Putzlappen ein und ging hinaus.

Das Festival der Unità hatte begonnen und vom Sportplatz, der genau neben dem Friedhof lag, drang der Geruch verbrannter Bratwurst herüber. Die Luft war erfüllt vom Klappern der Töpfe, einem unterschwelligen Stimmengewirr und den leisen Klängen von Tanzmusik, die das Orchester spielte. Auf der Piazza war ein ununterbrochenes Kommen und Gehen, man wollte sehen und gesehen werden und grüßte nach rechts und links mit übertrieben lauter Stimme.

Auf diesen ganzen Auftrieb reagierte das Hohe Gericht nur mit distanzierter Gleichgültigkeit und dem Mitgefühl, das man Schwachen und Unmäßigen entgegenbrachte.

«Immer diese grässlichen Walzer», ließ sich der Friseur verstimmt vernehmen.

«Na ja, das ist nun mal die Musik, die die Leute gerne hören», entschlüpfte es Balducci, der verstohlen mit dem Fuß im Rhythmus wippte. Doch in dem Wissen, dass Giorgetti ein Liebhaber des Lyrischen war, fügte er rasch hinzu:

«Die wahre italienische Musik ist natürlich die Oper.»

Und so wandte sich das Gepräch einer Diskussion über Opern und Operetten zu, und unbekümmert warf man Mascagni und Casadei, Nilla Pizzi und Di Stefano in einen Topf,

Hauptsache es hörte sich gut an. Ein wahrer Reigen aus Adjektiven, Verben und abgedroschenen Phrasen prasselte hernieder, da man nun mal auf Worte, wie der Friseur so gerne zu bemerken beliebte, keinen Zoll zahlen musste.

Wie immer folgten Zitate, die man dem einen oder auch dem anderen in den Mund legte, ohne sich allzu viele Gedanken um historische Korrektheit zu machen, denn, man wusste es ja, Worte ...

Und die Langeweile? Sie war immer präsent, auch wenn keiner sie je erwähnte. In Wirklichkeit war sie die Triebkraft jener Abende unter den Lindenbäumen, die so intensiv nach Medizin rochen. Sie war es, die die Zunge des Friseurs lockerte oder die Giorgettis Knie vor Ungeduld erbeben ließ.

Aber wehe, wenn sie einer erwähnte.

Dann erging es ihr wie dem anderen Tabuthema, das noch nie unter jenen Linden Erwähnung gefunden hatte: die eigenen Ehefrauen. Und dabei hätte es jede Menge an Diskussionsstoff hergegeben ... Aber diese Abende waren nun mal dazu da, Sicherheit zu erlangen, die Verteidigungslinien zu schließen, den Weg aufzuzeigen und Kräfte zu sammeln. Und was hätte an jenen Abenden im Mondenschein größere Sicherheit geben können als der mitternächtliche Richterspruch, jener Spruch, der auch dieses Mal wieder pünktlich erfolgte und Balducci in hellste Aufregung versetzte, als Giorgetti ihn, bereits im Aufstehen begriffen, formulierte?

«Und ich sage, dass die Lieder eines Paolo Conte dieselbe poetische Kraft haben wie eine Arie von Puccini.»

«Gib mir einen Trumpf.»

Der Alte, der das gesagt hatte, kratzte sich an seiner dicken Kartoffelnase.

Ein Schellenkönig wurde auf den Tisch geknallt.

«Zum Henker ... Ich habe dir doch gesagt: einen Trumpf!»

«Ich gebe dir das, was ich geben kann. Ich habe ja schließlich keine zwölf Karten in der Hand.»

In der Bar Patrizia war eine Partie Briscola im Gange. Um die vier Spieler hatten sich noch andere ältere Herren versammelt, die das

Geschehen mit lauter Stimme kommentierten. Es war Sonntagnachmittag, und auch wenn dieser Tag sich in seiner Routine nicht im Geringsten von den anderen unterschied, hatte keiner versäumt, seinen Sonntagsanzug anzuziehen. Die in das Kartenspiel versunkenen Spieler hatten ihre Jacken über die Stuhllehnen gehängt und die Ärmel hochgekrempelt. Ihre Gesichter glänzten, aber trotz der drückenden Luft schwitzte keiner von ihnen.

Di Giuseppe bestellte einen Kaffee und lehnte sich an die Theke.

«Wenn ich es dir sage, der hat fünfundzwanzig Millionen dafür ausgegeben.»

«Fünfundzwanzig Millionen für ein Auto?»

«Ich habe es meinem Sohn gesagt, dass er eine Dummheit macht, aber nein, er –»

Ein alter Mann mit einer erloschenen Zigarre im Mund fiel ihm ins Wort.

«Und wenn du überlegst, dass wir nur ein Fahrrad hatten.»

«Damals, als –»

«Stimmt, aber zu unserer Zeit hatten wir es auch noch nicht so eilig wie heute.»

«Hier steht es, schaut her . . .»

Der Mann, der zu Anfang gesprochen hatte, hielt eine Zeitschrift in der Hand und deutete mit dem Finger auf eine Seite.

«Es ist sinnlos», meinte er. «Die Jungen lassen sich von der Werbung einseifen. Man sieht es doch im Fernsehen – nichts als teure Autos, mit Autoradio, mit schnurlosen Telefonen, mit Fenstern, die von allein aufgehen, und dann noch dieses Luftkissen, das sich aufbläst, wenn man irgendwo auffährt. Wie heißt das noch mal?»

«Airbag.»

«Genau. Aber man kann doch in Gottes Namen auch langsam fahren, dann braucht man dieses Kissen gar nicht.»

Einer der Spieler ließ seine Hand schwer auf den Tisch fallen, stieß einen heftigen Fluch aus und setzte dann das Spiel fort. Di Giuseppe schluckte den bitteren Nachgeschmack hinunter, den der Kaffee in seinem Mund hinterlassen hatte.

«Aber nein, sogar die Zigeuner kommen schon mit dicken Schlitten daher. Früher hatten sie nur einen Holzkarren, heute fahren sie einen Mercedes. Die ganze Welt hat sich verändert, da kann man nichts machen», bemerkte der Alte mit der erloschenen Zigarre.

«Stellt euch vor, gestern lief doch einer von diesen Lümmeln aus dem Lager tatsächlich mit einer Pistole herum.»

«Na so was, aber das war doch bestimmt eine aus Plastik.»

«Nein! Ich sage dir, die war echt, ich habe sie genau gesehen.»

«Das scheint mir doch recht unwahrscheinlich ...»

Der Mann, der bisher in einer Illustrierten gelesen hatte, legte sie beiseite und sagte:

«Wieso wundert dich das? Du musst doch nur Nachrichten hören, man kommt sich vor wie im Krieg. Sie gehen mit Messern aufeinander los, sie schießen aufeinander ...»

«Einen Augenblick, bitte ...»

Der Mann, der gesprochen hatte, verstummte, und auch die Kartenspieler wandten sich dem Carabiniere zu.

«Sind Sie sicher, dass da kein roter Zapfen auf dem Lauf war?»

Der Alte war überrascht und überlegte einen Moment.

«Nein ... Ich habe keinen roten Zapfen gesehen. Wenn da einer gewesen wäre, würde ich mich daran erinnern, er hat sie mir ja praktisch unter die Nase gehalten. Ich habe ihn noch aufgefordert zu verschwinden. So schön finde ich es auch wieder nicht, wenn mir jemand mit einer Pistole vor dem Gesicht herumfuchtelt.»

Di Giuseppe trat zu dem Mann.

«Würden Sie ihn wieder erkennen?»

«Wen, den Zigeuner? Ach, für mich sind die alle gleich.»

«Es wird Zeit, dass sich bei denen mal jemand umsieht.»

«Die machen doch mittlerweile, was sie wollen.»

«Und dann werden sie immer mehr.»

Di Giuseppe bezahlte seinen Kaffee und verließ die Bar.

Es war schon gegen Abend, als er ins Lager kam. Die Zigeuner saßen auf der Erde, um ein großes Feuer herum, das in der Mitte des Lagers Funken sprühte. Auf einem primitiven Spieß waren Fleischstücke aufgereiht, die in den Flammen brieten, und rechts und links davon lagen etliche Flaschen Wein.

Der Anblick der Uniform schien alle schlagartig einzuschüchtern, bis eine Frau mit einem Kind vor der Brust zu zetern anfing:

«Immer die Polizei! Immer die Polizei!»

Di Giuseppe trat in ihre Mitte.

«Mit wem kann ich reden?», fragte er.

Die Frau hörte nicht zu schimpfen auf, während die Männer sich nicht vom Fleck rührten, als hätten sie die Frage nicht gehört.

Schließlich deutete ein Junge mit gebleichten Haaren auf einen alten Mann, der oben auf dem Flussdamm saß.

Di Giuseppe näherte sich dem Mann, der auf einem gestreiften Leinenhocker kauerte, wie man sie früher oft am Strand sehen konnte. Der Mann war barfuß und trug einen Anzug mit dunkler Jacke. Seine Zehennägel waren so lang, dass sie wie Krallen aussahen. Er war sehr mager, und Di Giuseppe dachte, dass ihn der Wind leicht hätte davontragen können, wie er da so ganz oben auf dem Damm thronte. Auf dem Kopf hatte der Mann ein komisches helles Hütchen mit aufgeschlagener Krempe, und ein verfilzter gelber Schnurrbart reichte ihm fast bis auf die Brust.

Di Giuseppe sah sich um. Als er nichts fand, worauf er sich setzen konnte, ging er in die Hocke.

«Guten Abend», sagte er.

Der Alte sah ihn kurz an, ehe er mit einer eindeutigen Geste um Zigaretten bat.

«Ich habe keine, tut mir Leid.»

Da nahm der Mann eine Zigarette aus seiner Tasche und zündete sie mit einem auffallenden goldenen Feuerzeug an. Seine Bewegungen waren langsam, und die ganze Zeit über, während er rauchte, war sein Blick auf die Ebene gerichtet. Seine Augen waren zwei tiefe Höhlen.

Schief und krumm wie der Mann auf seinem Hocker hing, erinnerte er an ein prähistorisches Tier, das im Begriff war, einen gewaltigen Satz zu vollführen. Di Giuseppe dachte bei sich, dass der Alte bestimmt schon wusste, was er ihn fragen wollte.

«Ich suche eine Pistole.»

Der Mann drehte sich nicht zu ihm um, sondern nickte nur, um ihm zu verstehen zu geben, dass er begriffen hatte. Er schien völlig darauf konzentriert, einen sehr weit entfernt liegenden Punkt zu fixieren. Der Carabiniere drehte sich in diese Richung und sah, dass er die Sonne beobachtete.

Die riesenhafte Scheibe war prall und von so einem intensiven Rot, als hätte sie der Erde jegliche Farbe entzogen. Reglos hockten die beiden Männer nebeneinander in Erwartung, dass etwas geschehen würde. Eine leichte Brise bewegte das Meer aus Getreide, und die trockenen Blätter übersetzten diese Bewegung in ein Rauschen, das die Luft erzittern ließ wie der Atemzug eines Riesen. In diesem Augenblick erreichte die Sonne die Grenze, die sie von der Nacht trennte. Der Alte lächelte und sagte ein paar Worte in seiner Sprache. Es ist nichts passiert, dachte Di Giuseppe, aber der Mann schien glücklich, als wäre er soeben Zeuge eines außergewöhnlichen Ereignisses geworden.

«Eine Pistole», wiederholte er.

«Die Pistole ist nicht mehr da», antwortete der Alte.

«Wieso? Wo ist sie jetzt?»

«Sie haben sie mitgenommen.»

«Wer hat sie genommen?»

Der Mann sah ihm fest in die Augen.

«Die Polizei», erwiderte er.

«Wie bitte? Willst du damit sagen ... Ein Mann mit silbergrauen Haaren, der eine Uniform wie ich trug?»

Der Alte nickte kaum merklich. Di Giuseppe erhob sich. Sein Blick schweifte von dem alten Mann, der mittlerweile den Filter seiner Zigarette rauchte, zu den Zigeunern, die um das Feuer herum saßen. Ein unangenehmes Gefühl beschlich ihn, eine Unruhe, die in scharfem Gegensatz zu der heiteren Ruhe des Sonnenuntergangs stand.

Als er zurückfuhr, sah er in der Ferne das Haus des Alten, den er getroffen hatte, als er das letzte Mal unten am Fluss gewesen war. Ohne lange nachzudenken, bog er auf den Weg ab, der zu dem Gebäude führte.

Er stellte den Wagen im Hof ab. Der Alte saß neben der Tür unter einer mit wildem Wein bewachsenen Pergola. Er sah ihn an, ohne etwas zu sagen. Di Giuseppe setzte sich neben ihn.

Die Mauer war heiß, als hätte man die Ziegel eben erst dem Feuer entnommen. Das Haus war alt und ohne Putz, die Tenne vor dem Gebäude war erst kürzlich gesäubert worden. In der Luft lag noch immer der Geruch von gemähtem Gras. Rechts und links neben dem Haus standen zwei große Akazien, auf denen sich die Spatzen ein Nachtquartier bereiteten.

Der alte Mann verschwand für ein paar Minuten, ehe er mit einer Flasche wieder zurückkehrte.

«Ich habe immer ein wenig Süßwein im Kühlschrank, denn wenn ich von den Feldern komme, setze ich mich gerne hierher und warte einfach ab. Wie heißt es so schön in dem alten Lied? Die Welt dreht sich weiter, auch ohne uns.»

Ohne seinen Strohhut sah er viel jünger aus. Sie tranken von dem Weißwein, dann stellte er die Flasche auf den Boden.

«Leben Sie hier allein?»

Der Mann lächelte, und dabei blitzen seine weißen Zähne auf.

«Kommt Ihnen das merkwürdig vor?»

Di Giuseppe sah sich um.

«Na ja ... Sagen wir mal, es ist etwas abgelegen.»

«Abgelegen, soso ...»

Er machte eine Pause, deren Stille nur von dem Gezirpe der Vögel auf den Bäumen unterbrochen wurde.

«Ich werde Ihnen jetzt eine Geschichte erzählen, aber glauben Sie bloß nicht, dass man etwas daraus lernen kann. Na ja, vielleicht doch, aber das zu beurteilen überlasse ich Ihnen. Es war einmal ein Richter, der bei der Jugendstrafkammer arbeitete und sich eines Tages mit dem Fall von Zwillingen konfrontiert sah. Die beiden Fünfzehnjährigen waren Vollwaisen. Sie lebten im Haus eines entfernten Verwandten, mit dem sie jedoch immer schon eine schwierige Beziehung verband. Der Mann, der des ewigen Streitens müde war, beschloss, sie aus dem Haus zu werfen, und setzte sein Vorhaben gleich in die Tat um.

Als der Richter mit den beiden zusammentraf, waren sie wegen Diebstahls, Widerstand gegen die Staatsgewalt und Landstreicherei festgenommen worden.

Sie waren Zwillinge, wie ich bereits gesagt

habe, und ähnelten sich äußerlich so sehr wie ein Tropfen Wasser dem anderen, doch ihr Charakter war völlig verschieden. So aggressiv, extrovertiert und mitreißend der eine war, so schüchtern und verschlossen war der andere, der zudem vollkommen von seinem Bruder abhängig war.»

Der Alte hielt inne, um einen Schluck Wein zu trinken.

«Der Richter beschloss, die beiden zu trennen. Es war eine Entscheidung, die durchaus anfechtbar war, aber ihm schien sie notwendig, damit der schüchterne der beiden Jungen eine größere Selbständigkeit entwickeln konnte. Da man keine geeigneten Familien fand, die sie hätten aufnehmen können, wurden sie der Obhut zweier therapeutischer Wohngemeinschaften anvertraut.

Leider konnte der lebhaftere der beiden Brüder sein Temperament nicht einmal innerhalb dieser Gemeinschaft zügeln. Nachdem er wiederholt heftig über die Stränge geschlagen hatte, brachte er sich um, indem er sich aus dem Fenster stürzte.

Unser Richter war ein sehr gewissenhafter

Mensch, der an seine Arbeit glaubte, und dieses Ereignis förderte in ihm schwere Selbstzweifel und Schuldgefühle zu Tage. Trotzdem fand er nichts, das er sich hätte zum Vorwurf machen können.

Es verging einige Zeit, und das Leben ging weiter wie zuvor. So läuft es immer, selbst angesichts der grässlichsten Tragödie. Vielleicht muss es so sein.

Vor dem Gerichtsgebäude gab es eine Bar, in der der Richter seine Pausen verbrachte. Der fragliche Morgen war ein Tag wie jeder andere, er stand am Tresen und nahm gerade etwas zu sich, als er ihn im Umdrehen sah. Den Bruder des toten Jungen.

Er stand nicht weit weg von ihm. Er tat nichts, stand nur da und sah ihn an. Er tat nichts weiter, als ihn intensiv zu fixieren.

Ich kann hier unmöglich beschreiben, welche Gefühle der Mann in dem Augenblick empfand.

Selbst nachdem er ihn angesprochen hatte, brachte der Junge den Mund nicht auf, sondern beschränkte sich weiter darauf, den Richter anzustarren.

Es stellte sich heraus, dass der Junge davongelaufen war. Man brachte ihn in seine Wohngemeinschaft zurück, aber schon kurz darauf stand er dem Richter erneut gegenüber. Die Geschichte wiederholte sich ein weiteres Mal und wurde allmählich zu einem Albtraum, einer regelrechten Qual für den Mann. Plötzlich verschwand der Junge, die Tage vergingen, bis der Richter erfuhr, dass der Junge im Sterben lag. Er hatte sich schon fast zu Tode gehungert.

Der Richter eilte an sein Krankenlager, und als er sich dem Bett näherte, auf dem der Junge im Sterben lag, warf dieser, der kaum mehr die Kraft zum Atmen hatte, dem Richter einen langen Blick zu und lächelte.

In dem Moment begriff der Richter, dass er am Ende war, sowohl als Vertreter der Justiz als auch als Mensch. Das Lächeln hatte ihn sozusagen ausgelöscht. Worum es bei diesem Kampf auch immer gegangen war, der Junge hatte gesiegt.

Er gab seine Arbeit bei Gericht auf und suchte sich einen Ort, der weit weg war von allem und jedem, aber nicht, um zu vergessen.

Gewisse Ereignisse hinterlassen Spuren in uns, die wir niemals mehr loswerden können.»

Die Luft war frisch an diesem Abend, und das Leuchten des Sonnenuntergangs überzog das Gesicht des alten Mannes mit einem rosigen Schimmer.

«Hat dieser Mann den Ort gefunden, den er gesucht hat?»

Der Alte betrachtete sinnierend die feinen Schatten, die sich über den Feldern ausbreiteten.

«Die Natur weiß, was zu tun ist, sie braucht die Hilfe der Menschen nicht.»

«Wieso haben Sie mir das erzählt?»

«Ich weiß es nicht. Was ich Ihnen erzählt habe, ist nicht die Geschichte einer Ungerechtigkeit. Es handelt sich um etwas viel Größeres und Schrecklicheres, vielleicht ist es sogar zu groß, um es zu verstehen. Ich glaube, dass das, was einem Menschen zustößt, allen zustößt, nur leider nützt das, was ein Mensch durch das Leben lernt, keinem anderen. Es ist traurig, aber mir scheint, dass es dagegen kein Heilmittel gibt.»

«Da ist sie, die Pistole.»

Marra öffnete die Schublade des Schreibtisches, nahm die Waffe und warf sie ungestüm auf die Schreibtischplatte. Er deutete mit dem Finger darauf.

«Eine Beretta, Kaliber 45, sie gehörte D'Agostini und war rechtmäßig registriert.»

Er verschränkte die Hände hinter dem Kopf und fügte hinzu:

«Folglich handelt es sich nicht um die Tatwaffe.»

Di Giuseppe, der vor ihm stand, betrachtete die Pistole, nahm sie in die Hand und roch an der schwarzen Öffnung des Laufs.

«Daraus ist schon länger kein Schuss mehr abgegeben worden», bemerkte der Brigadiere.

Er betätigte den Hebel und holte das Magazin heraus.

«Es war leer.»

Er legte die Waffe auf den Schreibtisch zurück und wandte sich dem Fenster zu. Draußen war es dunkel, und auf der Durchgangsstraße fuhr rumpelnd ein Auto vorbei. Vor dem Posten der Carabinieri, auf der anderen Straßenseite, lag ein altes Saatgutlager. Das

Licht der Laternen warf einen Schatten auf die weiße Fassade, den Umriss einer groben, der Dunkelheit entrissenen Gestalt. Di Giuseppe drehte sich um.

«Wieso haben Sie mir nicht gesagt, dass Sie die Pistole schon länger haben?»

Marra reagierte nicht gleich, er schien sich erst eine Antwort zu überlegen.

«Wie du selbst siehst, hätte dir das auch nicht viel genützt.»

«Aber verstehen Sie denn nicht, dass das sehr wichtig ist? Diese Zigeuner waren vor dem Auffinden der Leiche vor Ort, vielleicht waren sie sogar während des Mordes in der Nähe. Wie können Sie da sagen, dass das keine Rolle spielt?»

«Ich habe nicht gesagt, dass es kein wichtiges Detail ist, ich habe nur gesagt, dass es dir nichts nützt, wenn du es weißt.»

«Sie sind bei ihnen gewesen, ohne es mit mir abzusprechen!»

Marra löste seine Hände hinter dem Kopf und legte sie mit Nachdruck auf den Schreibtisch.

«Einen Moment mal, die Ermittlungen hier

in diesem Raum leite immer noch ich, und bis zum Beweis des Gegenteils bist immer noch du es, der mir Rechenschaft über sein Tun abzulegen hat, ist das klar? Oder haben sie dir das bei deinem Kurs nicht beigebracht?»

Di Giuseppe biss sich auf die Lippen und trat von einem Bein aufs andere. Marra fuhr fort:

«Aus den Zigeunern ist nichts herauszubringen, sie behaupten, die Pistole ganz woanders gefunden zu haben. Selbst wenn sie etwas gesehen haben, werden sie nichts sagen. Und das ist alles.»

Der Ort war zwar der Straße entlang erbaut worden, aber die Ebene umgab San Antonio wie Wasser, das eine Insel im Ozean umkreist. Auf welcher Seite man auch das Dorf verließ, man sah sich immer wieder einer endlosen Weite gegenüber. An Orten wie diesen reift die Erkenntnis heran, dass man keinem anderen als sich selbst gehört.

Die anderen sind weit weg, die Entfernung zu allem ist groß. Fremde Länder gleichen Planeten, an deren Existenz man sich nur hin und wieder vage erinnert. Sogar Probleme, die die ganze Nation betreffen, werden nur mit vollem Bauch diskutiert. In Frieden mit sich selbst, lässt man sich dann herab, auch einmal an seinen Nächsten zu denken.

Die Wahlen standen kurz bevor, aber in San Antonio rief das weniger Unruhe hervor als die Nachricht, der Postbote würde betrunken durch die Straßen torkeln. Eher zerstreut verfolgte man die Abkürzungen und Zahlen, die von morgens bis abends auf den Plakaten an den Mauern auftauchten, und vom Kreuzschild der Christdemokraten wechselte man ungezwungen zu Raffaella Carrà auf den anderen Kanal. Nur an einem Ort wurde das Thema der Wahlen erbittert diskutiert, aber das war bestimmt nicht die Casa del Popolo, wo man die Wahlwerbung vor allem dazu zweckentfremdete, um darauf die Lottozahlen zu notieren. Nein, die einzig wahre Wahlkampftribüne von San Antonio befand sich in der Pasticceria. Aber das hatte nur wenig mit politischer Leidenschaft zu tun, die Rivalität hatte andere Ursachen. Hier war man mit Vorsatz anderer Meinung, wie man auch beim Thema

Fußball oder der entsprechenden Traktoren- oder Automarke anderer Meinung gewesen wäre. Das gehörte alles zum Spiel, zu dieser endlosen Partie, wo rücksichtslos Schläge ausgeteilt wurden und deren Mitspieler uns bereits bekannt sind.

Der Friseur beschloss heftig gestikulierend seine Rede zu Gunsten der republikanischen Partei, wie man es von ihm gewohnt war, und unterstrich ein letztes Mal die Stringenz dieser Partei und die Ehrlichkeit eines Mannes wie Giorgio La Malfa, des einzigen wahren politischen Führers, den dieses Land hatte.

Bassi, der junge Unternehmer, stieß ins selbe Horn. Obwohl er nur zwei Arbeiter beschäftigte, war er gewohnt, in größeren Dimensionen zu denken. Er wollte jedoch zu bedenken geben – ohne den Republikanern zu nahe treten zu wollen –, dass nur die Liberalen Italiens dem Land einen echten wirtschaftlichen Aufschwung garantieren konnten, da sie sich klar zu Gunsten eines freien Unternehmertums aussprachen und damit Reichtum und Wohlstand für alle sicherten.

Balducci fühlte sich unbehaglich. Im Grunde seines Herzens war er Sozialist, aber in Gegenwart Giorgettis, dessen christdemokratische Ausrichtung allen bekannt war, hütete er sich, dies nach außen dringen zu lassen, und sagte nur:

«Ihr vergesst die Werte des Volkes, sie sind die Grundlagen dieses Landes.»

Dieser Satz wirkte wie ein Blasebalg auf ein brennendes Feuer: Die Diskussion wurde jetzt erst so richtig entfacht und kannte bald kein Halten mehr, bis kein Damm und kein Hindernis dem Fluss der Worte mehr standhielt. Als auch noch der Kellner seine Meinung zum Besten geben wollte, wurde er wie aus einem Mund zum Schweigen gebracht, indem man alle historischen Persönlichkeiten aufmarschieren ließ, die einem in dem Moment einfielen, sogar der Graf Cavour wurde herbeizitiert. Jeder dieser Persönlichkeiten wurden Sätze, ganze Reden in den Mund gelegt und charakteristische Gesten zugeschrieben, und als man die Geschichte Italiens aufgerollt hatte, ging man zu Europa über und wäre sicher auch bald in Amerika gelandet, wenn die Kirchenglocke nicht Mitternacht geläutet hätte.

Giorgetti hatte die ganze Zeit über seine gewohnte Haltung herrschaftlicher Distanz beibehalten. Jetzt rückte er sich die Brille auf der Nase zurecht und sprach seinen Satz in das Schweigen hinein, das nur von dem Zirpen der Zikaden auf den Linden gestört wurde.

«Und ich sage, ohne die Democrazia Cristiana wären wir jetzt nicht hier und würden uns über solche Dinge unterhalten.»

Und als hätte der Diskussionsleiter damit den Takt geschlagen, beendete dieser Satz die Debatte, und alle gingen nach Hause zum Schlafen, zufrieden, einen entscheidenden Beitrag zum Schicksal Italiens und der ganzen Welt geleistet zu haben.

An diesem Abend ging Di Giuseppe früh ins Bett, aber es dauerte lange, bis er einschlief, und dann warf er sich noch unruhig hin und her. Er träumte von seinem Vater, der in seiner Offiziersuniform die Parade der Matrosen auf einem Schiff abnahm. Er stand wie alle anderen in einer Reihe und sah ihn, mit durchgedrücktem Kreuz, auf der Brücke des Schiffes auf sich zukommen, aber so sehr sein Vater auch vorwärts schritt, schaffte er es einfach nicht, zu ihm zu kommen. Dann träumte er, sich auf einer weiten Fläche aus gelbem Weizen zu befinden, mittendrin saß ein Zigeuner, der ihm den Rücken zuwandte. Er erkannte in ihm den Alten aus dem Lager und versuchte, sich ihm zu nähern. Als er es endlich mit großer Anstrengung geschafft hatte, drehte dieser sich zu ihm um, und er sah, dass er Marras Gesicht trug.

Mit einem Schlag wachte er auf. Der Schlaf war ihm vergangen, und es war erst vier Uhr früh. Er stand auf und schaute zum Fenster hinaus.

San Antonio schien menschenleer, als ob alle Bewohner geflüchtet wären. Die Stühle der Bar Patrizia waren vor der Eingangstür aufeinander gestapelt, und die Laternen warfen hier und da wie Inseln ihr Licht auf den leeren Platz. Er musste an eine leere Bühne denken: Die Schauspieler standen in den Kulissen und machten Pause. Plötzlich bewegte sich etwas vor der Bar. Es war so dunkel, dass er nicht sehen konnte, was es war. Er beugte sich etwas weiter aus dem Fenster auf der Suche nach dem

Schatten, der mittlerweile reglos neben den Stühlen verharrte. Dann bewegte er sich und trat schließlich, nachdem er den ganzen Laubengang zurückgelegt hatte, in den Lichtkegel einer der Laternen. Es war ein Zigeuner, der Junge mit den gebleichten Haaren, den Di Giuseppe im Lager gesehen hatte. Ohne jede Eile überquerte er den Platz und steuerte eine Ecke an, die Di Giuseppe von seinem Fenster aus nicht mehr einsehen konnte.

Was hatte er um diese nachtschlafende Zeit hier zu suchen? Wahrscheinlich war er auf der Suche nach Diebesgut, dachte der Carabiniere. Doch die unerwartete Gegenwart des Zigeuners hatte ihn so sehr aufgewühlt, dass ihm jeder Gedanke an Schlaf abhanden gekommen war. Er beschloss, aus dem Haus zu gehen.

Er stieg in sein Auto und legte ein paar Kilometer auf der Schnellstraße in Richtung Argenta zurück. Der Himmel war grau und ohne Sterne. Da sah er in der Ferne die Lichter inmitten der Felder. Er bog in einen Feldweg ein, der durch das Tal des Sillaro führte, und hielt weiter oben an, wo die Straße eine enge Kurve beschrieb. Zwei große Maschinen, die nebeneinander herfuhren, schnitten das Getreide. Langsam rückten sie vorwärts und verleibten sich die dürren Stängel ein. Übrig blieb ein langer Streifen aus Heu, den die Maschinen hinten wieder ausspuckten. Sie ähnelten zwei großen Schnecken, die alles verschlangen, was sich ihnen in den Weg stellte. Dunkler, staubiger Rauch, der im Hals kratzte, stieg aus den Maschinen empor. Er stieg in die Luft und löste sich erst vor einem niedrigen Himmel auf, der in Richtung Osten langsam heller wurde.

Als er dic Schreibtischschublade aufmachte, sah er ihn. Es war ein weißer Umschlag ohne Frankierung oder Anschrift. Vorsichtig drehte er ihn hin und her, als handelte es sich um einen äußerst wertvollen Gegenstand. Marra war gerade aus seiner Wohnung heruntergekommen und lief zwischen den Zimmern hin und her. Wie ein Fremder, der etwas sucht, tauchte er auf und verschwand wieder, ohne ein Wort zu sagen.

Einen Augenblick lang war Di Giuseppe versucht, ihn zu rufen und zu fragen, was das sei, aber dann öffnete er den Umschlag einfach und las die beiden mit Bleistift geschriebenen Zeilen:

Wenn Sie etwas über diesen Schuft erfahren wollen, fragen Sie Luigi Montuschi.

Mehr stand da nicht.

Er legte das Blatt in die Schublade zurück und schloss sie. Es war sehr warm im Zimmer, und er spürte, wie durch das offene Fenster in seinem Rücken die Hitze gegen seine Schultern prallte. Aber er stand nicht auf, um es zu schließen, er hatte andere Dinge im Kopf. Wie war dieser Brief in seine Schublade gekommen? Das war das erste, was er sich fragte, noch bevor er sich die Frage stellte, wer ihn wohl geschrieben haben könnte. Den Brigadiere konnte er ausschließen, was hätte das für einen Sinn gehabt? Aber wenn es nicht Marra war, wer dann?

Er stand auf und lief im Zimmer auf und ab. Er brauchte unbedingt Bewegung, um in Ruhe nachzudenken und die Dinge in eine Ordnung zu bringen, so wie man es bei der Arbeit an einem Mischpult macht. Er versuchte, den Vorfall zu analysieren, ließ es dann aber bleiben. Die Schlüsselfrage lautete doch: Wieso war der Brief nicht mit der Post geschickt worden?

Er setzte sich wieder. Die Antwort schien ihm offensichtlich: Weil es sich um jemanden handelte, der regelmäßig in der Kaserne ein und aus ging.

Er spürte erneut, wie ihm die Hitze unter den Hemdkragen kroch. Die Putzfrau. Wer sonst, wenn nicht sie?

Es war Dienstag, und sie würde erst wieder am Donnerstagnachmittag kommen. Er beschloss, nichts zu unternehmen, bis er mit der Frau gesprochen hatte. Auch Marra gegenüber wollte er nichts erwähnen.

«Der hatte vielleicht ein Glück, sage ich euch!», bemerkte der Friseur.

«Einen halben Meter weiter drüben, und auf Wiedersehen, er wäre voll auf die Rohre des Gerüstes geknallt», stöhnte Balducci.

Ein Theater in San Antonio passte dort ungefähr so gut hin wie eine Diskothek in ein Nonnenkloster, und trotzdem wurde beschlossen, ein altes, verfallenes Gebäude wieder herzurichten, das sich in der Nähe des Saatgutlagers befand, um daraus ... Ja, was? Genau das war das Problem, denn niemand in San Antonio wusste, was man damit anstellen sollte, aber alle waren völlig aus dem Häuschen bei der Vorstellung, ein schönes Theater mit einer Leuchtreklame davor zu besitzen. Selbst wenn das Gebäude eher wie eine Autowerkstatt aussah, das spielte keine Rolle. Pragmatisch wie er war, meinte der Friseur zu diesem Thema nur: «Es muss ja auch nicht schön sein, Hauptsache wir haben eines.»

Vor lauter Aufregung über das Ereignis hatte offensichtlich sogar ein Maurer sein Gleichgewicht verloren und war vom Gerüst gestürzt.

«Wir werden einen guten künstlerischen Leiter brauchen», sinnierte der Friseur.

«Moment mal, aber doch nur im Winter», warf besorgt Balducci ein. «Im Sommer ist es doch viel schöner, draußen an der frischen Luft zu sitzen, und außerdem haben wir ja schon das Festival der Unità, das von Avanti, die Landwirtschaftsausstellungen und die Jahrmärkte. Das Rübenfest dauert fast eine Woche.»

Das war das Stichwort, ab jetzt wurde ernsthaft diskutiert, denn an solchen Orten auch nur anzudeuten, man wolle eventuell irgendwelche Jahrmärkte abschaffen, glich einer Majestätsbeleidigung und jagte allen einen Schauer über den Rücken, bis es sogar Giorgetti, der schwer damit beschäftigt war, die Blasen in seinem Prickelwein zu zählen, als seine Pflicht erachtete, seine Tätigkeit zu unterbrechen und majestätisch mit dem Kopf zu nicken.

«Selbstverständlich ist hier nur vom Winter die Rede», erwiderte erleichtert der Friseur.

Balducci malträtierte seinen Spitzbart.

«Aber man muss den richtigen Abend auswählen. Es ist besser, die auszulassen, an denen es Überschneidungen mit den Fernsehprogrammen geben könnte, die am meisten gesehen werden, oder nicht?»

«Das heißt?»

«Also, am Samstag läuft Canzonissima und am Donnerstag Mike Buongiorno.»

«Na gut, die Woche hat immerhin sieben Tage, wenn ich mich nicht irre. Da wird sich doch einer finden . . .»

«Am Sonntag werden die Fußballergebnisse übertragen, und der Montag scheint mir auch nicht gerade ideal zu sein ... Dann sollten wir auch das Briscola-Turnier nicht vergessen ...»

An diesem Punkt war der Abend gelaufen. Giorgetti leerte auf einen Schluck sein Glas Weißwein, warf einen Blick hinauf in den sternenfunkelnden Himmel und sagte:

«Gut, morgen wird ein schöner Tag.»

Als sie mit gesenktem Kopf ins Zimmer kam, war sich Di Giuseppe sicher, dass er sich nicht geirrt hatte. Die Frau murmelte etwas, das sich wie ein Gruß anhörte, und verschwand in der Besenkammer. Er wartete hinter seinem Schreibtisch, aber als sie in sein Büro kam, stand er auf und schloss die Tür.

«Ich glaube, Sie sind mir eine Erklärung für das hier schuldig», sagte der Carabiniere und wedelte mit dem Blatt in seiner Hand.

Die Frau zuckte zusammen, als hätte sie einen elektrischen Schlag erhalten.

«Wie meinen Sie? ... Ich habe nicht ...»

Di Giuseppe trat auf sie zu.

«Sie haben diesen Zettel hier geschrieben

oder haben zumindest dafür gesorgt, dass ich ihn in meinem Schreibtisch finde. Jetzt verlange ich eine Erklärung.»

Die Frau wackelte mit dem Kopf und fuchtelte mit dem Besen herum als wollte sie die Luft putzen. Zögernd stellte sie den Besen schließlich auf den Boden und warf Di Giuseppe einen Blick zu, aus dem jede Schüchternheit gewichen war.

«Es stimmt, ich habe es getan.»

Er schob ihr einen Stuhl hin, nahm wieder hinter seinem Schreibtisch Platz, und sie setzte sich, immer noch mit dem Besen in der Hand.

«Warum?»

«Weil ich wollte, dass Sie wissen, was für ein Verbrecher dieser Mensch war.»

«Das weiß ich doch.»

«Nein, dieser Lump hat ganze Familien in den Ruin getrieben. Das wussten Sie bestimmt nicht.»

«Hier in San Antonio?»

«Ja.»

Di Giuseppe las den Namen auf dem Blatt vor, das er in der Hand hielt.

«Wer sonst noch?»

«Ich weiß nur von ihm.»

«Wie hat er es getan?»

«Er hat Geld verliehen.»

«Und dann die Zinsen erhöht?»

«Ja, genau so.»

Di Giuseppe stand auf, lief ein paar Mal auf und ab und blieb schließlich vor einem Kalender stehen, der an der Wand hing. Die Frau war sitzen geblieben, in der einen Hand hielt sie weiter den Besen, mit der anderen nestelte sie an dem Knoten aus grauen Haaren auf ihrem Kopf. Er betrachtete sie nachdenklich.

«Hat das, was Sie mir erzählt haben, etwas mit dem Mord zu tun?»

«Oh nein! Das wollte ich nicht sagen. Luigi ist ein braver Mann ... Um Gottes willen, denken Sie das bloß nicht ...»

Der Mann sah ihm von unten ins Gesicht, da er von kleiner Statur war. Er war nicht nur klein, sondern auch vierschrötig, aber eher aufgebläht als fett. Sein Gesicht war von dicken, blauen Adern durchzogen, und die wenigen weißen Haare, die er noch hatte, standen wirr von seinem Kopf ab, als wären sie aufgeklebt.

«Kommen Sie herein, ich habe Sie schon erwartet.»

«Sie haben mich erwartet?», fragte Di Giuseppe überrascht.

«Ja, Lina hat mir gesagt, dass sie Ihnen alles erzählt hat.»

Die Küche wurde nur schwach von einem gelben Licht erhellt, das unter einem alten, verstaubten Lampenschirm hervordrang. Am anderen Ende des Zimmers stand eine Frau, die so alt war wie der Hausherr und das Geschirr spülte. Auf dem Gasherd köchelte ein Topf mit Tomatensauce vor sich hin.

«Meine Frau», stellte der Mann sie vor.

Die Frau drehte sich kaum um und fuhr gleich wieder mit ihrer Arbeit fort.

«Was soll ich Ihnen sagen, ich hatte meinen Bäckerladen und meine Arbeit, die mir gefiel. Dann haben wir beschlossen, uns von unseren Ersparnissen ein Haus zu bauen und ...» Er stieß einen tiefen Seufzer aus. «Und das Geld hat nicht gereicht, und da ...»

«Wieso haben Sie keinen Kredit bei der Bank beantragt?»

«Bei der Bank, nein ... Wir hatten Vertrauen in ihn, das war der Grund, und außerdem haben wir für die erste Rate nur wenig Zinsen bezahlt. Erst hinterher, als ihm das nicht mehr gereicht hat, hat er angefangen, uns den Geldhahn zuzudrehen. Wir mussten die Bäckerei verkaufen und ...»

Er sah sich um.

«Uns ist nichts geblieben.»

«Wann ist das gewesen?»

«Inzwischen ist viel Zeit vergangen, es dürften so acht, zehn Jahre her sein, ich kann mich nicht einmal mehr erinnern.»

Die Frau hörte auf, das Geschirr zu spülen, und kam mit nassen Händen, von denen Seifenschaum auf den Boden tropfte, auf sie zu.

«Eines will ich Ihnen sagen», schnaubte sie. «Dieser Mann war ein Schuft und ist als Schuft gestorben.»

«Ja, ich habe es gewusst, alle im Dorf wussten darüber Bescheid, dass er Montuschi um seinen Laden gebracht hatte. Ich sagte dir doch, dass er ein Verbrecher war.»

«Tatsächlich? Und was werde ich als Nächstes erfahren, diesmal vielleicht von der Wäscherin?», höhnte Di Giuseppe, der kaum seinen Ärger verbergen konnte.

Der Brigadiere, der hinter seinem Schreibtisch saß, betrachtete ihn voller Verständnis wie ein Schullehrer einen Schüler, der ein wenig über die Stränge geschlagen hat.

«Soll ich dir vielleicht eine Liste machen? Soll ich dir alle Schandtaten von diesem Mistkerl auf dieses Blatt hier schreiben? Wenn du das willst, mache ich es sofort, aber es wird dir nichts bringen. Die Bewohner dieses Ortes sind keine Mörder. Meinetwegen magst du sie Gauner, Feiglinge schimpfen, was immer du willst, aber sie laufen nachts nicht herum und schießen anderen Leuten in den Bauch. Geht das nicht in deinen Schädel?»

Di Giuseppe saß am anderen Ende des Zimmers, mit dem Rücken an der Wand. Über ihm hing das verblichene Porträt des Präsidenten der Republik.

«Ich verstehe eines nicht», sagte er, als führte er ein Selbstgespräch. «Alle scheinen nichts Wichtigeres zu tun zu haben, als mir alle möglichen Dinge über D'Agostini zu erzählen, aber keiner scheint Interesse daran zu haben –»

«Ja, ich weiß, dass es schwer für dich zu verstehen ist, aber das hier ist ein bäuerliches Umfeld, die Dinge müssen greifbar sein. Gerechtigkeit wird hier nicht mit Gerichtssälen in Verbindung gebracht. Ein schlechtes Kraut, wie man hier sagt, wird mit der Hacke ausgerissen. Ich will dir eine Geschichte erzählen, die sich in meiner ersten Zeit hier in San Antonio zugetragen hat.»

Marra nahm eine Zigarre und zündete sie an. Von der Straße drangen laute Jungenstimmen zu ihnen herauf.

«Folgendes ist passiert: Ein Dieb wurde nachts in einem Hühnerstall überrascht. Der Besitzer verfolgte ihn und streckte den armen Teufel mit dem Gewehrkolben nieder. Der Schlag war tödlich, und deshalb mussten wir den Bauern verhaften. Das ist normal, oder? Trotzdem befand sich das Dorf am nächsten Tag in hellem Aufruhr, und die Kaserne wurde umzingelt. Klingt nach einer Geschichte aus dem Wilden Westen, und trotzdem ist sie passiert. Heute hat sich das alles ein bisschen verändert, aber im Grunde ist diese Grenzlandmentalität immer noch nicht ganz verschwunden, wie ich glaube.»

Marra verstummte und blieb reglos sitzen, eingehüllt in den Rauch und in das gleißende Licht, das durch das Fenster fiel und sein Gesicht umrahmte.

«Und Sie, Brigadiere, für welche Seite haben Sie Partei ergriffen?»

Marra lächelte.

«Partei ergriffen ... Früher vielleicht mal, in deinem Alter ... Jetzt ergreife ich nicht mehr so leicht Partei für eine Sache. Die Welt zieht an mir vorbei, und ich komme mir vor, als würde ich in der zweiten Reihe sitzen.»

«Einen doppelten Espresso.»

Der Kellner hinter der Bar sah ihn mit fragender Miene an.

«Sie machen ja ein Gesicht heute Morgen ... Probleme?»

«Tja, Probleme ...»

«Wissen Sie, was mein Vater immer sagte? Wenn man keinen Kopf hat, hat man auch keine Probleme.»

«Danke, das tröstet mich doch ein wenig.»

Das Lokal war leer. Di Giuseppe lehnte sich mit dem Rücken an die Theke und ließ den Blick über die vergilbten geflochtenen Stühle schweifen. In dem Moment erregte eine Gestalt, die draußen am Schaufenster vorbeiging, seine Aufmerksamkeit.

«Der da!», rief er. «Kennen Sie den?»

Der Kellner drehte den Kopf, um nachzusehen.

«Ah . . . der stumme Zigeuner.»

«Stumm?»

«Ja, er ist stumm.»

«Ich habe ihn gestern Nacht hier in der Nähe gesehen.»

«Das wundert mich nicht, er streunt herum wie eine wilde Katze. Er ist jede Nacht unterwegs, hat mir aber noch nie etwas gestohlen. Zigeuner, Diebe, Mörder, Sie haben sich wirklich keinen leichten Beruf ausgesucht, wie? Aber trösten Sie sich, bald werden Sie uns verlassen und gehen in eine andere Stadt mit einem anderen –»

Und an der Stelle brach er ab, als sei sein Satz damit beendet.

«Sie wollten sagen, einem ‹anderen Brigadiere›, habe ich Recht?»

«Nein, ich wollte ...»

Draußen vor dem Lokal erwachte langsam der kleine Ort. Man hörte förmlich, wie er sich dehnte und streckte.

«Seit wann ist er so verändert?»

Der Mann wandte ihm den Rücken zu, während er an der Kaffeemaschine hantierte. Di Giuseppe sprach lauter.

«Sie haben mich schon richtig verstanden. Früher war er nicht so, nicht wahr? An einem Ort wie diesem vergräbt man sich als Brigadiere nicht den ganzen Tag in der Kaserne: Man geht auf die Straße, spricht mit den Leuten, kommt vielleicht in die Bar, um ein paar Worte mit dem Besitzer zu wechseln. So ist es doch, oder?»

Der Kaffee war in die Tasse gelaufen, und der Mann musste sich jetzt wohl oder übel umdrehen. Mit traurigem Gesicht stellte er die Tasse auf den Tresen.

«Es ist passiert, als diese Frau starb ...»

«Eine Frau? Wollen Sie damit sagen – seine Frau?»

«Nein, er war nicht verheiratet. Sie schon, verstehen Sie?»

Vor Überraschung vergaß Di Giuseppe den Zucker. Er verzog angewidert den Mund, als er trank, so bitter war der Kaffee.

«Wie ist sie gestorben?»

«Sie hat sich umgebracht.»

«Himmel . . . Wieso hat sie das getan?»

Der Mann zuckte die Schultern.

«Es wurde zu viel geredet . . .»

«Also wusste man, dass die beiden . . .»

Der Kellner lächelte versonnen.

«Wie Sie vorher schon sagten – an einem Ort wie diesem. Wir kennen uns alle, aber jeder tut so, als würde er den anderen nicht kennen. An einem Ort wie diesem grüßt man sich und geht seiner Wege.»

Es kam jemand in die Bar, und eine Stimme bestellte einen Cappuccino. Müde ächzend setzte sich die Kaffeemaschine in Bewegung.

Di Giuseppe wartete, bis der Gast wieder gegangen war, ehe er sich erneut an den Mann hinter der Theke wandte. Dieser machte eine Geste, dass er verstanden hätte.

«Sie wollen wissen, wer sie war, richtig?»

«Ja.»

«Gut, ich werde es Ihnen sagen, aber das ändert nichts, verstehen Sie, nichts. Sie hieß Rosa, Rosa D'Agostini.»

«D'Agostini?»

«Ja, sie war seine Schwester.»

Di Giuseppe ging Richtung Ausgang und stellte laut seine letzte Frage:

«Wann ist das passiert?»

«Es ist jetzt fast ein Jahr her.»

Der Karton mit den Vorgängen, die in die Ablage gehörten, stand immer noch auf seinem Schreibtisch, wo er ihn zurückgelassen hatte. Die Vorgänge, die er bereits erledigt hatte, legte er beiseite und konzentrierte sich auf die anderen. Er blätterte die Karteikarten so lange durch, bis er endlich die Richtige fand. Langsam las er, was da stand.

Rosa D'Agostini hatte sich in ihrem Haus mit Gas vergiftet. Sie hatte weder schriftlich noch mündlich etwas hinterlassen. Da keinerlei Voraussetzungen für eine offizielle Ermittlung des Falles gegeben waren – es gab keine Anzeige, und der Arzt hatte keinerlei

Anomalien feststellen können –, hatte angesichts der Aufmerksamkeit, die der Fall hervorgerufen hatte, lediglich die untersuchende Behörde ein Interesse daran. Ziemlich bald jedoch wurden auch diese Ermittlungen wieder eingestellt, ohne dass irgendein Verantwortlicher gefunden worden wäre. Rosa war mit einem gewissen Francesco Moroni, Handelsvertreter für Traktoren, verheiratet gewesen. Sie hatten einen Sohn von fünfzehn Jahren.

An diesem Nachmittag fand er Marra vollkommen betrunken in seinem Büro vor. Er hatte gerade gegessen und beschlossen, weiter seine Büroarbeiten zu erledigen. Als er eintrat, bemerkte er sofort, dass es stark nach Alkohol und Tabak stank. Marra hockte mit verschränkten Armen hinter dem Schreibtisch, reglos, als sei er völlig in seine Gedanken versunken. Aus der Zigarre in seinem Mund stieg ein dünner Rauchfaden in die Höhe, und Speichel rann ihm übers Kinn und teilte sein Gesicht in zwei Hälften. Auf dem Tisch stand die Flasche Cognac. Er fixierte den Carabiniere, der unter der Tür stehen geblieben war, und fragte:

«Ist irgendetwas nicht in Ordnung, Inspektor?»

«Nein, nicht dass ich wüsste», murmelte Di Giuseppe.

«Gut ... Warum stehst du dann so da? Komm her ... Setz dich, trink ein Glas ... Ah, stimmt, ich habe ganz vergessen, dass du keinen Alkohol trinkst ... Schade ... Ich hatte einen wunderbaren Weinbrand, den ich dir anbieten wollte, er kommt aus der Gegend um Venedig, weiß du? Wusstest du, dass ich im Veneto Verwandte habe? Nein, bestimmt nicht ... Woher sollst du das auch wissen, wenn ich es dir nie erzählt habe ... Aber jetzt weißt du es.»

Di Giuseppe machte unschlüssig ein paar Schritte in Richtung Zimmermitte, während Marra sich nicht von der Stelle rührte.

«Bist du nicht der Meinung, dass es mir zusteht, wenn ich ab und zu ein kleines Gläschen trinke? Und dabei habe ich gar nicht viel getrunken», meinte er mit Blick auf die Flasche. «Ach ja, was hat das jetzt noch für eine Bedeutung ...»

Er schien jeden Moment einzuschlafen, schreckte aber immer wieder hoch.

«Was habe ich gesagt? ... Ich muss den Faden verloren haben ...»

«Sie sagten gerade, dass es jetzt keine Bedeutung mehr hat.»

«So? Habe ich das gesagt? Weißt du, dass ich dich falsch eingeschätzt habe? Frag mich nicht, warum, ich weiß es wirklich nicht ... Vielleicht hat mir dein Gesicht nicht gefallen, das war es wahrscheinlich ... du weißt schon, wenn man jemanden ansieht und sich denkt: ‹Der Typ ist ein großes Arschloch.› Ist dir das noch nie passiert? Ich kann mir vorstellen, dass es dir schon passiert ist ... Das passiert jedem. Vielleicht, vielleicht hast du dir das ja auch gedacht, als du mich zum ersten Mal gesehen hast, oder?»

«Nein, das habe ich nicht gedacht.»

«Gut ... Umso besser ...»

Diesmal schlief er wirklich ein. Er ließ ihn, wie er war, reglos auf seinem Stuhl sitzend, mit der mittlerweile erkalteten Zigarre im Mund, die ihm zwischen den Lippen baumelte. Langsam kippte sein Kopf zur Seite.

Das Haus befand sich am Ortsrand, fast inmitten der Felder. Es war eine kleine, einstöckige Villa, von einem Metallzaun umgeben. Davor, wo sonst Blumen geblüht hätten, lag ein Gemüsegarten, und eine Frau pflückte rote Tomaten.

«Rosa D'Agostini? Ja, die hat hier gewohnt.»

Mit einer Hand nahm sie das Tuch ab, mit dem sie die Haare zurückgebunden hatte.

«Nach dieser Geschichte ist der Mann von hier weggegangen. Ich glaube, dass er jetzt mit dem Sohn in Ferrara wohnt, aber die Schwester –»

«Sie hatte eine Schwester?»

«Ja, sie war die älteste der drei Geschwister, sie ist Schneiderin und wohnt gleich neben der Bar Patrizia.»

«Aha, Sie wollten mir von Rosa erzählen ...»

«Ich kannte sie nicht sehr gut, aber sie war eine anständige Person.»

«Warum hat sie sich umgebracht?»

«Ah, das weiß ich nicht, das dürfen Sie mich nicht fragen.»

Die Frau machte sich wieder daran, die Tomaten zu pflücken.

«Dann erzählen Sie mir etwas über ihren Bruder.»

«Ich weiß nicht . . . Ich habe ihn hin und wieder im Ort gesehen, wie alle, aber ich habe nie etwas mit ihnen zu tun gehabt, nie. Ob ich den Brigadiere kenne? Was hat der damit zu tun? Ich kenne ihn, wie ihn alle kennen, er ist schon so lange hier . . . Ich kümmere mich nur um meine Angelegenheiten.»

«Also, der Arzt hat bestätigt, dass die Todesursache eine Kugel Kaliber 38 war, die in Höhe des Herzens in den Brustkorb eingedrungen ist. Er hält eine Autopsie nicht für nötig, auch der Staatsanwalt ist dieser Meinung, und aus diesem Grund wird der Leichnam D'Agostinis morgen zur Beerdigung freigegeben. Das ist alles.»

Marra beendete seinen Bericht so hastig, wie er ihn begonnen hatte. Ohne den Carabiniere anzusehen, blieb er abrupt im Zimmer stehen, nahm von der Wand die Umgebungskarte ab und faltete sie zusammen.

«Und jetzt?»

Der Brigadiere drehte sich um und betrachtete ihn, als wäre er sich seiner Gegenwart bisher noch gar nicht bewusst gewesen.

«Und jetzt was?»

«Was wird jetzt aus dem Fall?»

«Was meinst du wohl, was daraus wird? Er bleibt liegen und wartet darauf, dass jemand kommt und ihn löst. Oder er landet wie tausend andere ähnliche Fälle im Archiv. Auf jeden Fall geht er uns nichts mehr an. Was wir tun konnten, haben wir getan, oder?»

Spazierte man durch San Antonio, stieß man immer wieder auf dieselben Gesichter. Die kleine Gemeinde hatte seit geraumer Zeit keine Auffrischung des Blutes mehr zu verzeichnen, sodass alle Familien – die einen mehr, die anderen weniger – miteinander verwandt zu sein schienen. In letzter Zeit waren eigentlich nur die Forcellas von außen dazugekommen, ein mitgliedsstarker Clan neapoletanischer Einwanderer, von denen man nicht wusste, wie und warum es sie ausgerechnet nach San Antonio verschlagen hatte. Irgendwann in einem strengen, schneereichen Winter hatten sie beschlossen zu bleiben. Sie hatten natürlich mächtiges Aufsehen im Dorf erregt mit ihrem weichen Akzent, und viele Jahre lang waren sie immer nur «die Fremden» geblieben. Eine Ausnahme, und wie bei allen Ausnahmen blieb es auch dabei.

Doch trotz der starken Bande, die die Bewohner des Ortes einten, war man auch hier, wie in einer richtigen Familie, uneins und zerstritten, was das Fernsehprogramm oder den Sud für die Fischsuppe betraf. Auch in San Antonio mangelte es nicht an unterschiedlichen Meinungen. Und als sie irgendwann einmal ausgingen, machte man sich mit Eifer und Hartnäckigkeit auf die Suche nach neuen, bis man schließlich das Dorf in zwei Fraktionen aufteilte – in die diesseits und die jenseits der Straße. Auch wenn die Entfernung, die die beiden feindlichen Heere voneinander trennte, nicht einmal Spuckweite betrug, sorgte diese Trennung für ständige Reibereien und erbitterte Gegensätze.

Der Zufall wollte es, dass Sansoni, der Friseur, und Bassi, der Jungunternehmer, im

Gegensatz zu allen anderen in der Gruppe jenseits der Straße wohnten. Das Thema war so heiß, dass es das Hohe Gericht – aus Angst vor Spaltung – bis zuletzt hartnäckig vermieden hatte. Aber jetzt war der Tag der Abrechnung gekommen: Ein historisches Fußballspiel zwischen den beiden feindlichen Lagern sollte ein für alle Mal eine Entscheidung herbeiführen. Und am Vorabend einer so von Unwägbarkeiten geprägten Begegnung ergriff Giorgetti diesmal bereits lange vor Mitternacht das Wort und formulierte den denkwürdigen und bewegenden Satz:

«Und ich sage, nur vereint in unserer Gegensätzlichkeit werden wir gewinnen.»

Der Trauerzug schritt langsam voran.

Nicht mehr als ein Dutzend Personen folgte dem dunklen Wagen. Alle hielten den Blick gesenkt, als hätte man sie zu etwas gezwungen, dessen sie sich aus tiefster Seele schämten. Ganz hinten, hinter allen anderen, drängten sich die engsten Freunde. Di Giuseppe erkannte unter anderem Benedetti, den Besitzer der Diskothek, und gleich hinter ihm die längst nicht mehr blonde Geliebte des Opfers. Mit beiden Händen hielt sie sich an ihrer Tasche fest, als wollte sie Kraft daraus ziehen, um nicht davonzulaufen.

Allen voran schritt die Ehefrau D'Agostinis mit ihrer Tochter an ihrer Seite, und dahinter kam, etwas unsicher auf den Beinen, eine Frau, bei der es sich wohl um die Schwester handeln musste. Alles ging schnell vonstatten, ohne Tränen und Seufzer und in aller Stille, unterbrochen nur von dem fröhlichen Gezwitscher der Schwalben, die in niedriger Höhe zwischen den Zypressen des Friedhofs segelten. Sie waren die einzigen ahnungslosen und unschuldigen Kreaturen an diesem Nachmittag, der sich allmählich dem Ende neigte, während lange, weiße Wolkenbänder am Himmel aufzogen.

Die Frau öffnete langsam die Tür, blieb stehen und sah ihn an, ohne ein Wort zu sagen.

«Es tut mir Leid, Sie zu belästigen, aber ich muss Ihnen ein paar Fragen stellen», sagte er.

Sie drehte sich um und ließ die Tür offen. Di Giuseppe folgte ihr ins Haus und in ein

Zimmer, in dem sich offensichtlich ihre Schneiderwerkstatt befand, denn es war voller Stoffe und halb fertiger Kleidungsstücke. Die Frau blieb am Ende des Zimmers stehen, neben einem langen Tisch, auf dem ein Kleid lag. Sie nahm ein Stück Schneiderkreide und zeichnete kurze, senkrechte Striche auf den Stoff.

«Habe ich etwas angestellt?», fragte sie, ohne von ihrer Arbeit aufzusehen.

«Sie haben gar nichts angestellt . . . Glaube ich jedenfalls. Ich bin wegen Ihres Bruders hier.»

Sie musterte ihn. Sie trug ihr graues Haar zu einem festen Knoten auf dem Kopf zusammengefasst, wie es einmal Mode gewesen war. So tief über den Tisch gebeugt, erweckte sie den Eindruck, noch älter zu sein.

«Ich habe ihn gestern bei der Beerdigung gesehen, also weiß ich, dass mein Bruder nicht mehr existiert, wenigstens nicht in dieser Welt.»

«Aber derjenige, der ihn umgebracht hat, existiert noch, meinen Sie nicht?»

«Der, der ihn umgebracht hat, wird sich vor

seinem eigenen Gewissen rechtfertigen müssen, wie alle anderen auch.»

«Hören Sie, ich weiß, dass es eine schwere Zeit für Sie ist, aber ich muss Sie daran erinnern, dass Sie die Pflicht haben, mit der Justiz zusammenzuarbeiten.»

Die Frau richtete sich auf und blickte ihm unverwandt in die Augen.

«Gehen Sie jetzt», sagte sie.

Der alte Zigeuner saß oben auf dem Damm, auf demselben Platz wie das letzte Mal. Es schien fast so, als hätte er sich von dort oben noch nie fortbewegt.

«Guten Tag.»

Der Mann wandte ihm das Gesicht zu und deutete mit einem Kopfnicken einen Gruß an. Di Giuseppe hielt ihm ein Päckchen Zigaretten hin.

Der Alte murmelte etwas in seiner Sprache, nahm das Päckchen und öffnete es. Seine feinen Finger waren schmutzig, mit Öl verschmiert, wie es aussah. Er rauchte zufrieden und hielt dabei die Zigarette in seiner hohlen Hand, als wollte er sie beschützen.

Das Wetter war am Umschlagen. Auch wenn die Luft noch heiß und feucht war, fegten bereits starke Winde über die Ebene, und am Himmel verdichteten sich die Wolken immer mehr. Ganz in der Ferne, hinter einer Gruppe Weiden, stand drohend ein Gewitter.

«Riechst du den Regen?», fragte der Zigeuner.

«Nein, ich rieche ihn nicht, aber es wird regnen.»

«Es wird regnen», wiederholte er.

Dann nahm er seinen Monolog wieder auf, ohne sich dabei ein einziges Mal an den Carabiniere zu wenden.

Er sagte, dass die Welt nicht dort ende, wo wir die Grenze sehen, sondern erst dort, wo wir stehen bleiben. Und dass die Geschichte der Welt nichts anderes sei als die Geschichte aller Dinge, die uns jemals zugestoßen sind. Auch der Mensch sei nur eine Sache, wie dieser Stuhl, auf dem er gerade saß. Geht ein Stuhl kaputt, wird er verbrannt. So passiert es auch mit dem Menschen, aber wenn es einen Menschen nicht mehr gibt, haben wir Angst vor seinem Geist, so wie wir Angst vor der Nacht haben. Aber vor dem Geist eines Stuhls hätten wir keine Angst, und das sei nicht gut. Er sagte, dies hänge vielleicht mit der Tatsache zusammen, dass die Menschen so viele Dinge besäßen, und wenn sie vor den Geistern aller Dinge Angst haben müssten, würden sie ein Leben in ständigem Schrecken führen. Er erzählte, dass er den Khorakhané Cergarija angehöre, die man früher das Volk der Zelte nannte. Jetzt lebe er in einem Wohnwagen, aber das mache ihm nichts aus. Er sei in Belgrad geboren, aber das sei auch nur ein Ort wie jeder andere. Er beschrieb die Orte, an denen er als junger Mann gelebt hatte, die Gesichter der Menschen und die bemalten Holzkarren, auf denen er gereist war. Der Mensch würde nie Frieden finden auf dieser Welt, sagte er, was seiner Meinung nach damit zu tun hatte, dass der Mensch sein Schicksal nicht kannte und auf der Suche danach die ganze Welt auf den Kopf stellte, so wie ein Maulwurf, der ständig die Erde umgräbt. Er sagte, nur Gott würde das Schicksal des Menschen kennen, weshalb es nutzlos sei, danach zu suchen. Der Mensch sei wie ein Adler im Wind, da er nicht die realen Dinge verfolgte, sondern nur deren Schatten. Und diese Schatten kommen und gehen je nach Stand der Sonne. Und er fügte noch hinzu, dass die Welt grausam sei, weil Gott sie voll und ganz den Menschen überlassen hatte, was letzten Endes zum Untergang der Welt und auch des Menschen führen würde. Aber sich die Frage nach dem Warum zu stellen, sei unnötig, da wir sie nie beantwortet finden würden.

An diesem Morgen setzte er sich hinter seinen Schreibtisch in der festen Absicht, endlich die Archivarbeiten zu beenden. Marra kam erst sehr spät, sein Gesicht war verquollen, und er war übelster Laune. Mit keinem Wort deutete er an, was am Tag zuvor geschehen war, sondern verkündete nur, dass ihnen noch vier Tage bis zur Versetzung blieben.

Wenn in einem randvollen Topf das Wasser zu kochen anfängt, wird es früher oder später überschwappen. So geschah es auch in San Antonio, als das unterschwellige Flüstern in ein lautes Gemurmel umschlug und aus den viel sagenden Blicken während des Einkaufs oder einer Tankfüllung Benzin beiläufig hingeworfene Bemerkungen wurden. Keiner wusste zu sagen, wer als Erster die Verschwörung des Schweigens gebrochen hatte, aber wenn an Orten wie diesem etwas ans Tageslicht kommt, wandert es anschließend von Mund zu Mund wie ein Ball auf dem Fußballfeld. Als Di Giuseppe an diesem Vormittag auf den üblichen Espresso die Bar betrat, sagte der Kellner zu ihm:

«Es sind Gerüchte im Umlauf ... Es heißt, Sie laufen herum und stellen Fragen.»

«Und? Fragen zu stellen ist mein Beruf.»

«Sicher, natürlich ... Aber es heißt, Sie hätten Andeutungen gemacht, was diesen D'Agostini betrifft.»

«Einen Moment mal, was sagen Sie da? Ich habe überhaupt nichts angedeutet, ich führe nur eine Ermittlung durch.»

«Ich weiß ... Ich weiß. Keiner will Sie daran hindern, Ihre Ermittlung durchzuführen, aber Sie sollten vielleicht ein paar Dinge bedenken.»

«Ach ja? Und was sind das für Dinge, die ich Ihrer Meinung nach bedenken sollte?»

«Nein, nicht meiner Meinung nach, ich gebe nur die Gerüchte wider, ich mische mich da nicht ein, ich –»

«Schon gut, schon gut. Hören wir uns doch diese Gerüchte mal an.»

Der Mann senkte seine Stimme.

«Allgemein hört man sagen, dass der Gerechtigkeit bereits Genüge getan wurde.»

«Und folglich . . .»

Di Giuseppe näherte sich der Eingangstür und betrachtete die Alten, die draußen auf der Veranda saßen. Dann drehte er sich um.

«Das, was Sie da eben gesagt haben, könnte Sie in große Schwierigkeiten bringen, wissen Sie das?»

Schweigend sahen sie einander an, dann griff der Kellner zu seinem Lappen und fuhr langsam über die metallene Oberfläche des Tresens, ohne noch einmal aufzublicken.

Di Giuseppe verließ das Lokal und überquerte die Piazza, doch statt den Weg zur Kaserne einzuschlagen, wandte er sich, ohne einen Grund dafür nennen zu können, in Richtung Via R. Fabbri. Er ging an der Pasticceria vorbei und die ganze Lindenallee entlang bis zum Friedhof. Das Eingangstor stand offen, und drinnen war kein Mensch zu sehen. Die ersten Gräber in der Nähe des Eingangs waren mit einem einfachen Holzkreuz geschmückt, und auf der aufgeworfenen Erde wuchs dichtes Gras. Di Giuseppe folgte dem Weg, der den Friedhof in zwei Hälften teilte. Der feine Kies knirschte unter seinen Schuhen. Er hielt auf den hinteren Teil zu, wo sich in einem erst kürzlich angebauten Flügel wie in einer Schublade viele kleine Grabstätten befanden, die übereinander angeordnet waren. Er las alle Namen, bis er den ihren fand. Rosa D'Agostinis Grab lag in einer der oberen Reihen, darunter das ihres Bruders. Vor der Fotografie der Frau stand ein Strauß frischer Blumen. Er trat näher heran.

Das Foto zeigte ein hübsches, zartes Gesicht. Man hatte offensichtlich ein Porträt verwendet, auf dem sie noch sehr jung gewesen war. Die Mauer lag im Schatten, und in der Luft schwebte ein Duft nach Moschus und feuchter Erde. Langsam ging er denselben Weg wieder zurück. Er wusste keine Antwort auf die Frage, die er sich stellte: Gab es eine Verbindung zwischen diesen beiden Todesfällen? Und wenn ja, welche?

Auf der Allee kamen ihm Passanten entgegen, die den Blick senkten, sobald sie sich auf gleicher Höhe mit ihm befanden, während andere so taten, als konzentrierten sie sich auf irgendwelche Dinge auf der anderen Straßenseite.

Das Dorf wusste es also – oder hatte es vielleicht immer gewusst. Sie waren die Geschworenen, die schweigend abgestimmt hatten. Sie hatten überlegt, die Umstände in Betracht gezogen und schließlich ihren Freispruch gefällt. All das hatte sich abgespielt, ohne dass auch nur ein Wort laut geäußert worden wäre – draußen auf den Feldern mit der Hacke in der Hand, oder während man die Kinder in die Schule brachte.

Außer ihm war niemand in der Kaserne. Di Giuseppe drehte eine Runde durch die leeren Zimmer und blieb in Marras Büro stehen, um sich dessen chaotischen Schreibtisch anzusehen. Anschließend ging er hoch in das Zimmer, in dem er schlief, und stellte sich ans Fenster.

Unter ihm lief das Leben ruhig und ungehindert weiter, aber es war eine unbehagliche Ruhe, wie er jetzt wusste. Diese Menschen verteidigten das einzig einigende Element des Dorfes: ihren Sinn für Gerechtigkeit, oder was sie darunter verstanden.

«Das Böse liegt im Menschen», sagte der Pfarrer und beugte demütig das Haupt am Ende der Predigt. «Das Böse liegt im Menschen», wiederholten im Geist die Gläubigen, während sie über die Stufen der Kirchentreppe ausschwärmten.

Es lag eine Veränderung in der Luft, aber nicht nur, weil das Wetter umschlug. Es lag nicht nur daran, dass die Blätter nachts wieder mit Tau bedeckt waren oder dass die Pfarrersköchin, die an Rheuma litt, noch gebückter als sonst daherkam. Es war nicht nur das. Das gesamte unterschwellige Klima des Dorfes hatte sich verändert, und auch wenn kein Wort und keine Geste auf diesen Zustand aufmerksam machten, vollzog sich das ganze Leben plötzlich nach Regeln, als hätte die Erde aufgehört, sich zu drehen.

Auch das Hohe Gericht war von dieser Atmosphäre der Unsicherheit nicht verschont geblieben, und diese Unruhe äußerte sich in nicht vollendeten Sätzen, Seufzern und verstohlenen Seitenblicken, um die Gesprächspausen zu füllen, die seit einigen Tagen keiner mehr zu überbrücken wusste. Nichts mehr sei so wie früher, hieß es, dann wechselte die Unterhaltung zum Fest der gegrillten Froschschenkel und zur neuen Einbahnstraßenordnung in der Via Cavour, aber jedes Thema wurde mit lustloser Gleichgültigkeit sofort und bereitwillig fallen gelassen, und die Abende endeten mit einem unbefriedigenden «Man wird sehen». Schließlich schlich einer nach dem anderen aus dem Cafè, jeder beladen mit seinem Päckchen aus ureigensten Ängsten und Unsicherheiten. Man verfluchte sein Schicksal und trauerte den Zeiten nach, als jeder Tag noch mit dem Gefühl zu Ende gegangen war, dem Leben wieder einmal ein Schnippchen geschlagen zu haben.

Als sie die Tür öffnete und ihn sah, sagte sie nur:

«Sie schon wieder?»

«Ich werde Ihnen nicht viel von Ihrer Zeit stehlen.»

Sie machte einen kleinen Schritt zur Seite und ließ ihn eintreten. Vor dem Fenster blieb sie stehen. Auch er blieb stehen, neben dem geblümten Sofa.

«Im Laufe meiner Ermittlungen hat sich ein Detail ergeben, dem meiner Meinung nach nachgegangen werden sollte.»

Er drehte seine Mütze hin und her.

«Kannten Sie Rosa D'Agostini?»

Er hatte den Eindruck, als überliefe sie ein Schauer, aber als sie antwortete, lag keinerlei Nervosität in ihrer Stimme.

«Sie fragen mich nach meiner Schwägerin. Es ist doch offensichtlich, dass ich sie kannte, oder nicht?»

«Sicher, aber darauf wollte ich nicht hinaus ... Wie es scheint, stand es um die Beziehung zwischen Ihrem Mann und seiner Schwester in der letzten Zeit nicht zum Besten.»

Es folgte ein langes Schweigen, während sie aus dem Fenster blickte. Schließlich wandte sie sich doch zu ihm um.

«Ich habe Ihnen doch schon gesagt, dass mein Mann ein Lump war.»

«Folglich muss ich daraus schließen, dass Sie wussten ...»

«Nein, ich wusste gar nichts. Danach, als Rosa tot war, hat es Gerüchte gegeben ... Aber lassen Sie mich nicht Dinge wiederholen, die Sie bereits wissen.»

«Einen Augenblick bitte, wollen Sie damit vielleicht andeuten, dass Ihr Mann seine Schwester erpresst hat? Ist es das, was Sie mir sagen wollen?»

«Ich ...»

Ein Anflug von Ungeduld huschte über ihr Gesicht, ehe sie völlig überraschend in Tränen ausbrach. Eine Reaktion, mit der er nicht gerechnet hatte, aber er verstand, dass über diese Dinge zu reden offensichtlich schmerzhaft für sie war.

«Es tut mir Leid», entschuldigte er sich.

Sie zwang sich zu einem Lächeln.

«Rosa hat das nicht verdient ... Ich glaube, dass das alles wahr war, auch wenn sie nie mit mir darüber gesprochen hatte.»

«Einen Moment mal, was ich nicht ganz

verstehe, ist das Motiv für diese Erpressung.»

«Ich weiß es auch nicht ... Tut mir Leid, aber darauf kann ich Ihnen keine Antwort geben.»

Sie log, Di Giuseppe war sicher, wie er auch sicher war, dass sie es ihm nie sagen würde.

«Und die Erpressung ist der Grund, weshalb sie sich umgebracht hat, ja?»

«Ja, ich glaube aus dem Grund.»

«Aber Sie waren doch befreundet, also ...»

«Ja, wir haben uns normalerweise solche Dinge erzählt. Ich bin aber sicher, dass sie nur geschwiegen hat, um mir nicht wehzutun. Sie hätte das lieber nicht tun sollen ... Sie hätte nicht –»

Wieder fing sie zu weinen an, und er sagte:

«Ich habe keine weiteren Fragen mehr.»

Die Kaserne war leer. Marra war ausgegangen, ohne ein Wort zu hinterlassen. Di Giuseppe wanderte zwischen den Zimmern umher mit einer Trauer im Schlepptau, die er nirgends unterzubringen wusste. Er hätte gerne mit jemandem gesprochen, vielleicht mit zu Hause telefoniert, wie lange war das jetzt her? Plötzlich fiel ihm Sandra auf ihrem Schulfest in der Obersekunda ein. Sie saß mit dem Rücken zur Tür, und er sah nur ihren langen, schwarzen Zopf hin und her schwingen, während sie immer wieder in Gelächter ausbrach, umgeben von ihren zahlreichen Verehrern.

Als er sie zum ersten Mal in den Armen hielt, unten am Strand, bat er sie, ihren Zopf abzuschneiden, weil er wollte, dass sie anders wäre. Er redete sich ein, dies würde genügen, um sie in eine andere zu verwandeln, in eine, die sie nicht war und nie sein würde.

Und sie lachte laut dieses Lachen, das sich alle nach ihr umdrehen ließ und ihm ein flaues Gefühl im Magen bescherte.

Ihr Gesicht lag voll in der Sonne, und ihm schien, ihre weiße, zarte Haut müsste von einer Sekunde auf die andere schmelzen wie Butter. Und dieses Gefühl der Unsicherheit blieb ihm, auch als sie ihre Haare löste, die ihr bis auf die Schultern fielen. «Eines Tages werde ich es tun», versprach sie.

Dann, am Bahnhof, als schon nichts mehr von Bedeutung, alles bereits passiert war, trat sie zu ihm und sagte: «Siehst du, ich habe sie für dich abgeschnitten.»

Am liebsten hätte er sie geschlagen, aber er tat es nicht, weil sie für ihn nicht mehr existierte. Der Zug entfernte sich immer weiter, während sie auf dem Bahnsteig immer kleiner wurde. Bald schien sie nur noch ein verlorenes kleines Mädchen inmitten der Menschenmenge zu sein.

In der Waffenkammer blieb er stehen und betrachtete die leeren Ständer, dann nahm er die alten Drucke in Augenschein, die immer noch auf dem Korridor hingen. Sie schienen miteinander wettzueifern in ihrer Vergilbtheit, als hätte man sie nur aufgehängt, um das Vergehen der Zeit zu dokumentieren. Er stieg über einen Haufen Schachteln, die mit Klebebändern verschlossen waren, und ging zu einer Bank am Ende des Korridors, wo er seinen Kopf an die Mauer lehnte. Vom offenen Fenster drangen das Miauen einer Katze, dann schnelle Schritte auf der Straße zu ihm herauf. Er schloss die Augen und hatte das Gefühl, aus der Zeit heraus und in einen neutralen Raum zu treten, der für immer Bestand hatte.

Er schreckte hoch, als ihn ein Sonnenstrahl traf. Hatte er geschlafen? Er hätte es nicht zu sagen gewusst, da sich nichts um ihn herum verändert hatte. Also schloss er erneut die Augen und schlief diesmal wirklich ein.

Ein Zigeuner schor das Schaf, schnitt ihm den Bauch mit einem langen Messer auf und holte die Eingeweide heraus. In der Zwischenzeit entzündeten die anderen Männer des Lagers zwei Feuerstellen und errichteten dazwischen ein Gestell aus Holzstangen. Nachdem der Zigeuner den Bauch des Schafs geleert hatte, füllte er es mit Kräutern und nähte es mit einem langen Eisendraht wieder zu. Dann nahm er einen Pfahl, von dem zuvor die Rinde entfernt worden war, und schob ihn durch das Tier. Die Männer halfen alle zusammen, es auf dem Gestell zu platzieren, und warfen frisches Holz auf das Feuer. Die Frauen hielten sich abseits, als fielen diese Vorbereitungen nicht in ihren Aufgabenbereich. Unzählige Flaschen Wein und andere Getränke wurden herbeigebracht, und das Fest wurde von einem Zigeunerpaar eröffnet, das zu der Musik tanzte, die aus einem Autoradio ertönte.

Der alte Zigeuner nahm das Päckchen Zigaretten, das Di Giuseppe ihm hinhielt, ohne sich umzudrehen, so, als stünde es ihm einfach zu.

Schließlich fing er an zu sprechen. Er sagte, dass Feste wichtig seien, weil sie ein Band zwischen den Menschen webten wie die Maschen eines Pullovers, die so miteinander verknüpft werden, bis sie ein Ganzes bilden. Dann deutete er auf die Ebene unter sich und erklärte, dass sie auf den ersten Blick durchaus leer und weit erscheinen mag, weil wir immer nur in die Ferne schauen. Würden wir hingegen mehr auf die Erde unter unseren Füßen achten, sähen wir, dass sie reich an allen möglichen Dingen ist. Er fasste sich an die Haare, um anzudeuten, wie zahlreich sie waren. Der Mensch macht einen Fehler, verkündete er, wenn er sich immer auf die Suche nach Dingen begibt, die es nicht gibt und die er nie finden wird, denn alles, was er braucht, befindet sich direkt vor seiner Nase. Aber der Mensch missachtet diese Dinge und wird sie deshalb nie haben können. Danach sprach er von der Zeit und den Jahreszeiten, die jedes Jahr wieder kommen und gehen. Die Sonne ist das Auge Gottes, sagte er, sie steht immer über uns, auch wenn der Himmel wolkenverhangen ist.

Er machte eine Pause und rauchte, während von unten die Musik und das Grölen der feiernden Zigeuner zu ihnen heraufdrang.

«Ein Mann ist getötet worden», sagte Di Giuseppe.

Der Alte antwortete ihm, dass die Menschen sich seit jeher gegenseitig töteten und dass vielleicht auch hier oben, wo sie beide jetzt saßen, irgendjemand die Erde mit seinem Blut getränkt habe. Er deutete mit dem Arm auf den Horizont und meinte, dass wir, wenn alle auf dieser Ebene getöteten Menschen sich aus ihrem Grab erheben könnten, inmitten eines Heeres aus Toten herumlaufen würden. Die Welt schien sich von vergossenem Blut zu ernähren, und der Mensch schien dafür geschaffen, sie mit dieser Nahrung zu versorgen.

Er beendete den Satz mit Trauer in der Stimme, dann rief er laut einen Namen, und Janez kam auf dem Damm hochgestiegen.

Der Zigeuner lief vor ihnen her und vollführte hin und wieder einen Luftsprung wie ein kleines Kind. Als sie an die Stelle kamen, wo die Leiche D'Agostinis gefunden worden war, wandte er sich an den Carabiniere. Di Giuseppe sah ihn fragend an, woraufhin er zwischen die Schilfrohre trat und auf etwas auf dem Boden deutete. Der Carabiniere kam näher und las, was der Zigeuner in der Nacht, als er dort kauerte und zusah, wie der Körper auf die Erde geworfen wurde, hingekritzelt hatte.

Di Giuseppe las die Zahlen, die, für sich betrachtet, keinerlei Bedeutung hatten. Sie waren nichts weiter als eine weitere Wunde auf dieser mit tausend Wunden übersäten Erde. Erst mit den beiden Buchstaben davor – «E. I.*» – tat sich vor ihm ein klaffender Riss in der Erde auf, der niemals wieder würde zusammenwachsen können.

«Mein Gott», entfuhr es ihm laut, «das Nummernschild, du hast das Nummernschild aufgeschrieben.»

* Anm. d. Ü. «E. I.»: Esèrcito Italiano, die italienischen Streitkräfte. Die Carabinieri sind eine Sondereinheit der Armee und üben im ganzen Land polizeiliche Funktion aus.

Er hatte das Gefühl, als nähme der Himmel die dunkle Farbe des Wassers an, das vor ihren Augen gleichförmig dahinströmte zur Erinnerung daran, dass alles einen Zusammenhang hat, dass jeder Schritt mit dem nächsten verbunden ist, so wie das Leben in sich Freud und Leid vereint in einer ständigen Abfolge, die alles auf dieser Welt umfasst.

Die Nacht schien kein Ende zu nehmen. Er lag auf seinem Feldbett, eingetaucht in Klänge, Lichter, Geräusche. Alles drang in vielfacher Verstärkung zu ihm vor, als befände er sich im Ohr der Welt. Als er schließlich doch einschlief, träumte er von gefrorener Erde, und auf dem Eis lagen ausgebreitet tote Körper, einer neben dem anderen. Es waren Tote aus verschiedenen Epochen, die ebenso verschiedenartig gekleidet waren. Über ihnen lief Blut, aber es war ein Blut, das im Dahinfließen einen Klang erzeugte, einer Musik gleich, in der sich alle Seufzer, alles Stöhnen, alle Schreie und aller Schmerz der Welt vereinten.

Im Traum weinte er, aber die Tränen brachten ihm keine Erleichterung.

Schweißgebadet und eingehüllt in das grelle Licht der Sonne, das durch das offene Fenster hereinfiel, wachte er auf. An den Rest des Tages konnte er sich kaum erinnern, er wusste nur noch, dass er wie im Fieberwahn von einem Zimmer zum anderen wanderte. Als die Putzfrau ihn in diesem Zustand antraf, sagte sie:

«Fühlen Sie sich nicht gut? Wollen Sie, dass ich einen Arzt hole?»

Er brauchte keinen Arzt, es gab andere Dinge, die er hätte erledigen sollen. Aber stattdessen stieg er lieber in seinen Wagen und fuhr Richtung Fluss.

Ohne ein bestimmtes Ziel lief er auf dem Damm entlang. Er wäre am liebsten den ganzen Tag so weitergelaufen, ohne jemals stehen zu bleiben.

Er folgte dem Lauf des Flusses, bis er unter sich ein Auto sah, das inmitten wilder Brombeerbüsche abgestellt war. Es war ein alter, verrosteter Fiat, der Gott weiß wie lange schon hier herumstand.

Er stieg hinunter und umkreiste das Gefährt.

In dem Moment fiel ihm wieder ein, wie er als Junge zusammen mit den anderen seine Zerstörungswut ausgelebt hatte: Sie suchten sich ein verlassenes Autowrack, auf das sie dann so lange mit Schlägern und Stöcken eindroschen, bis sie es völlig zerstört hatten. Die besten Schläge, die auf Scheinwerfer und Rücklichter, standen meistens Santino zu, dem Anführer ihrer Bande. In einer gewaltigen Explosion brach dabei alles aus ihnen heraus, was sich an Aggression in ihnen aufgestaut hatte. Fast immer beschlossen sie den Nachmittag mit einem Bierbesäufnis in der nächstbesten Bar, in die sie kamen.

Er sah sich um. Wiesen und Felder waren menschenleer. Nichts und niemand war zu sehen bis auf ein paar weit entfernte Häuser. Er suchte zwischen den Büschen, fand aber nichts außer ein paar großen Steinen. Er hob einen auf und fing damit an, auf das Auto einzuschlagen. Die Zikaden hörten zu zirpen auf, und ein paar Amseln flatterten in die Höhe. Er fuhr fort, ziel- und planlos auf das Auto einzuhämmern, bis das verrostete Blech nachgab und er sich an der Hand verletzte.

Er ließ sich auf den Boden fallen und hockte sich hin. Er kam sich so dumm vor, es war überhaupt nichts Aufregendes mehr an dem, was er eben gemacht hatte. Schweißgebadet stieg er hinauf auf den Damm und kehrte zu seinem Wagen zurück.

Der Alte saß wieder dort, wo er ihn das letzte Mal verlassen hatte. Als er ihn sah, lächelte er.

«Ich habe mir schon gedacht, dass Sie wiederkommen.»

Er musste hart gearbeitet haben, denn sein Unterhemd war schweißverklebt. Der Mann fuhr sich mit dem nassen Handrücken über die geröteten Wangen.

Di Giuseppe setzte sich neben den Alten. Ohne ihm das Gesicht zuzuwenden, meinte er:

«Das wird ein heißer Nachmittag.»

Die Luft stand dicht und reglos vor ihnen wie eine Wand aus Gelatine.

«Ist schon ein seltsames Stück Erde. Auf den ersten Blick scheint es leer zu sein, und trotzdem kann man nicht sagen, dass etwas fehlen würde.»

«Ich muss Ihnen was erzählen», sagte der

Alte. «Einmal ging ich in ein Konzert und stellte fest, dass nur ein einziger Musiker mit einem einzigen Instrument auftreten sollte, mit einer Bratsche. Stellen Sie sich die Szene vor: Die leere Bühne, auf der in der Mitte ein einziger Mensch mit seinem großen Instrument stand. Ich empfand Mitleid und Verlegenheit für ihn, aber als die Musik zu erklingen begann und ich mich von den Noten davontragen ließ, hatte ich nicht mehr das Gefühl, dass etwas fehlte. Ist etwas ganz, ist es auch perfekt.»

Von den Feldern stiegen zwei Lerchen hinauf in den Himmel und ließen sich oben in den Ästen nieder, um einen Schwatz zu halten.

«Das sind die heißesten Stunden des Tages, sie gehören weder zum Vormittag noch zum Nachmittag. Es ist ein ganz besonderer Augenblick, den wir jedoch nicht richtig zu schätzen wissen.»

«Stimmt, der Vormittag ist vorbei, aber man kann nicht sagen, dass es schon Nachmittag wäre.»

«Der Mensch ist ein seltsames Wesen, komplexe Dinge scheint er zu verachten, und dennoch verwendet er seine ganze Zeit darauf, sich das Leben kompliziert zu machen.»

«Vielleicht weil er gezwungen ist, es zu organisieren, Entscheidungen zu treffen.»

Der Alte sah ihm in die Augen und lächelte traurig.

«Kann schon sein. Auch wenn manchmal bestimmte Entscheidungen einfach getroffen werden müssen, ist es, als hätten sie nichts mit uns zu tun. Aber für die Folgen müssen wir trotzdem geradestehen.»

Es war mittlerweile fünf Uhr nachmittags. Er stieg die Treppe hinauf, die zu Marras Wohnung führte.

Er zögerte unsicher, bevor er klopfte. Der Brigadiere kam an die Tür, um zu öffnen. Er war im Unterhemd und schien nicht überrascht zu sein.

Er blieb unter der Tür stehen, sein Gesicht, das im Gegenlicht lag, schien noch breiter und schwerer zu sein.

«Ich wusste, dass du kommen würdest.» Er betrachtete seine nackten Arme. «Gib mir Zeit, etwas überzuziehen», bat er.

Als er zurückkam, hatte er das blaue Hemd angezogen und trug seine Revolvertasche am Gürtel. Als er den verwunderten Blick Di Giuseppes bemerkte, meinte er achselzuckend:

«Keine Sorge, ich werde dir alles erklären. Gehen wir.»

«Nehmen wir den Wagen», sagte er, als sie draußen waren, und fügte hinzu: «Fahr du, ich werde dir sagen, wo es langgeht.»

Sie verließen San Antonio in Richtung Molinella. Sie überquerten das ausgetrocknete Flussbett des Idice und bogen auf eine Nebenstraße ein, die quer durch die Felder verlief. Die Sonne stand fast senkrecht am Horizont, und Di Giuseppe klappte die Sichtblende im Wagen herunter. Auf den erst kürzlich abgemähten Feldern standen parallel zueinander lange Reihen gelber Getreidestoppeln. Am Straßenrand war das Gras gelb verfärbt und vertrocknet und von dichten Büscheln roten Mohns überwuchert. Es hatte lange nicht geregnet.

«Wie hast du es erfahren?»

«Die Zigeuner, sie haben das Auto davonfahren sehen . . .»

«Aha ...»

«Ich glaube, Sie sollten von Anfang an erzählen.»

Marra wandte den Kopf und schaute auf die Felder.

«Diese Straße sind Rosa und ich immer entlanggefahren, ihr gefiel es, wenn das Getreide hoch stand. Sie sagte, das sei so, als würde man sich darin verlieren, da man weder sah, wo man herkam, noch, wo man hinging.»

«Wieso haben Sie ihn umgebracht?»

«Weißt du, dass ich diesen Landstrich hasste, als ich hierher kam? Ich bat umgehend um meine Versetzung, aber dann ... dann bin ich fast vierzig Jahre geblieben ... Ich werde dir etwas sagen. Als kleiner Junge lebte ich in einem Tal, das auf allen Seiten von Bergen umgeben war, und die Sonne erreichte uns nur, wenn der Tag schon fast vorbei war. Für mich war das der schönste Fleck auf dieser Welt, aber dann bin ich hierher gekommen und habe die Sonne am Morgen aufgehen sehen, wie ich es noch nie zuvor erlebt hatte. Und dann am Abend, wenn man sie bis zum letzten Sonnenstrahl auskosten kann. Da habe ich begriffen, dass man einen wichtigen Teil des Lebens versäumt, wenn man nicht an einem Ort wie diesem lebt. Und es war Rosa, die mir das vermittelt hat . . .»

Die heiße Luft, die durch das Fenster hereinströmte, zupfte an seinen silbergrauen Haaren. Di Giuseppe betrachtete ihn, als sähe er ihn zum ersten Mal. Er nahm Einzelheiten seines Gesichtes wahr, das ihm jetzt völlig verändert erschien. Vielleicht lag es an dem resignierten Tonfall oder an den matten Gesten, aber er kam ihm vor wie ein Fahrzeug, das bereits das eine oder andere Teil verloren hatte. Er wusste nichts darauf zu erwidern, und lange Zeit war nur das leise Geräusch des laufenden Motors zu vernehmen.

«Als ich nach San Antonio kam, gab es hier nur vier Häuser, und die Kühe grasten vor der Kirche, das hättest du sehen sollen. Aber vielleicht erzähle ich dir ja nichts Neues, alles hat sich verändert, überall. Das Traurige daran ist, dass man sich zu einem bestimmten Zeitpunkt seines Lebens umschaut und nicht mehr erkennt, was um einen herum ist. Man war immer da, hat die Veränderungen mitbekommen, hat teilgenommen an allem, und trotzdem ... Es ist, als ob in der Existenz eines Menschen nur für einen Teil dessen, was passiert, Platz wäre, wie bei einem Behälter, in den man nichts mehr hineinbekommt, wenn man ihn einmal aufgefüllt hat. Und so fängt man an, wiederzukäuen wie die Kühe: Sie fressen und fressen, dann hören sie auf, würgen hervor, was sie verschlungen haben, und fangen wieder zu kauen an. So läuft das auch bei uns. Wir kauen unsere Vergangenheit wieder, weil wir uns an der Gegenwart verschlucken.»

Er stieß einen tiefen, lauten Seufzer aus.

«Er hat sie erpresst, das hast du begriffen, ja? Er war ihr Bruder, aber er hatte vor keinem Menschen Respekt.»

«Er hat sie wegen Ihrer Beziehung erpresst?»

«Nein ... Es ging um das Kind.»

«Soll das heißen –»

«Ja ...»

«Himmel ... Und der Mann?»

«Er wusste es nicht, keiner hat es gewusst.»

«Aber wie –»

«Sie hat sich ihm in einem schwachen

Moment anvertraut, weil sie Trost brauchte. Aber stattdessen hat er sich von diesem Augenblick an wie eine Hyäne auf sie gestürzt. Er wollte die Erbschaft der Eltern haben, Geld im Tausch für sein Schweigen.»

«Aber sie hätte sich doch von ihrem Mann trennen, Sie hätten zusammenleben können.»

«Nein, sie war nun mal so, auf ihre Art liebte sie auch ihn. Außerdem hätte sie die Schande nicht ertragen. Letzten Endes hat sie es vorgezogen, dem Ganzen ein Ende zu bereiten ... Ich wusste nichts von der Erpressung, ich habe es erst hinterher erraten, als ich nach einem Motiv, nach einer Erklärung für das, was geschehen war, gesucht habe. Da habe ich mich an D'Agostini gewandt und behauptet, alles zu wissen. Er ist auf meinen Bluff hereingefallen. Ich wollte ihn töten, und ich habe es getan.»

Langsam knöpfte er das Halfter auf und nahm den Revolver Kaliber 38 heraus. Er öffnete ihn, holte die Kugeln heraus, legte fünf auf das Armaturenbrett des Wagens, steckte eine zurück in die Trommel, schloss den Revolver und schob ihn wieder in das Halfter.

Die Straße verlief in einer Linkskurve. Ein

Feldweg aus gestampfter Erde führte zu einem Wäldchen aus Birken, die reglos inmitten der Felder in den Himmel ragten wie die einsamen Überreste einer ausgerotteten Spezies.

«Halte dort unten an, neben diesen Bäumen», sagte Marra. «Das war Rosas Lieblingsplatz.»

Di Giuseppe hielt den Wagen an, stellte den Motor ab und wandte sich an den Brigadiere.

«Haben Sie sich diese ganzen Jahre immer so getroffen?»

Marra zündete sich eine Zigarre an. Der Schweiß tropfte ihm von der Stirn, aber er schien es nicht zu bemerken.

«Sie war eine außergewöhnliche Person ... du hättest sie kennen sollen, und außerdem war es ihr so Recht, und mir auch.»

Er stieg aus dem Wagen und drehte sich um.

«Weißt du, woran ich mich bei ihr erinnere? Wenn sie lächelte, bildeten sich feine Fältchen um ihre Augen. Das mag dir komisch erscheinen, aber am meisten fehlt mir ihr Lächeln mit diesen kleinen Fältchen um die Augen. Lass mir nur ein wenig Zeit», bat er.

Marra warf ihm einen so durchdringenden

Blick zu, dass er das Gefühl hatte, eine Hand würde ihm die Kehle hinunterfahren und an seinen Eingeweiden zerren.

Die hellen Blätter der Birken bewegten sich leicht. Im letzten Schein der untergehenden Sonne glichen sie unzähligen kleinen Wäschestücken, die auf der Leine zum Trocknen hingen.

«Es wird nicht lange dauern», murmelte er.

«Einen Moment, ich glaube –»

«Nein, ich habe mich entschlossen. Es ist besser so, viel besser . . .»

Di Giuseppe fuhr zurück. Im Rückspiegel seines Wagens sah er Marra unbeweglich vor den Bäumen stehen, dann sah er nichts mehr, da der Staub der Straße und die Tränen ihm die Sicht raubten.